Los asesinos

Ricardo Arturo López Vásquez

EDIQUID

LOS ASESINOS
© Ricardo Arturo López Vásquez

Editado por: Corporación Ígneo, S.A.C.
para su sello editorial Ediquid
José Olaya 169, Ofic. 504, Miraflores. Lima, Perú
Primera edición, marzo, 2025

ISBN: 978-956-6404-31-6
Tiraje: 50 ejemplares

Se terminó de imprimir en marzo de 2025 en:
ALEPH IMPRESIONES SRL
Jr. Risso Nro. 580 Lince, Lima

www.grupoigneo.com
Correo electrónico: contacto@grupoigneo.com | Teléfono: +51 955 071 270
Facebook: Grupo Ígneo | X: @editorialigneo | Instagram: @grupoigneo

Colección: Nuevas Voces

Contenido

Prólogo

Lugar: Capital del país.
Fecha: Indeterminada.
Hora: 21:37.

Había salido tarde del trabajo porque no había gente para suplir los puestos, llevaba varias semanas haciendo jornadas de más de doce horas y considerando que ya no se veía joven así mismo, esas largas jornadas estaban haciendo mella en su cuerpo y en su mente. Además, tenía que pasar a buscar a su hijo de siete años a la casa de sus suegros que lo cuidaban hasta que él o su esposa, que estaba pasando por las mismas circunstancias, salían del trabajo y el pequeño prácticamente vivía con sus abuelos. Y también se estaba cansando, «el tata me reta mucho» se quejaba.

El hombre se sentía mal cuando escuchaba los reclamos de su hijo, pero le dolía más cuando el niño le imploraba que jugara con él por las tardes, le pedía que llegara más temprano a la casa para que jugaran juntos. Esa sí que era una herida dolorosa que estaba carcomiendo su ya mermada energía.

Mientras conducía y miraba por el retrovisor a su hijo durmiendo en el asiento de atrás, se empezaba a llenar de valor para decirle a su jefe al día siguiente que no se podía quedar más horas extras. Necesitaba recuperar el tiempo con su familia; le pagaban bien esas horas, pero con cuarenta años y una situación económica estable, aun con las condiciones del país, ya el dinero pasaba a un segundo plano. Uno se vuelve sensible con los años, se decía a sí mismo, y entonces la cercanía de los hijos adquiría un valor especial.

Estaba cansado y con sueño, ya que se levantaba a las cinco de la mañana y se acostaba después de las doce de la noche.

Manejar por la ciudad era especialmente estresante también y significaba un menoscabo a su energía.

Fue quizá por eso, por el cansancio, que no se dio cuenta de lo que pasó, por eso no se dio cuenta y no reaccionó.

El semáforo estaba en rojo y él esperó somnoliento a que cambiara a verde. Entonces vio el auto gris que se cruzó por el costado izquierdo y le cortó el camino; fue rápido y salvaje todo. Un segundo, dos quizá, y su cerebro no dimensionó de lo que estaba siendo víctima. Otro segundo más y se bajan del auto gris cuatro sujetos, dos de ellos armados con armas de puño, pistolas, que lo apuntan y le gritan que salga del auto. Él sigue sin reaccionar; lo llenan de improperios y le fuerzan las puertas del auto. Es entonces cuando se percata de lo que le está ocurriendo: le están robando el auto, le están haciendo lo que, nacionalmente, se conoce como «encerrona».

Pero el *shock* que le provoca el asalto lo inmoviliza, lo paraliza completamente, y sigue sin abrir las puertas para entregar su vehículo y sacar a su hijo de esa situación. «Siempre es mejor cooperar con los delincuentes para salvar la integridad, sobre todo de un niño», se había repetido siempre, pero la sorpresa total lo deja sin reacción. Y como está inmóvil, los delincuentes, con las armas de fuego, disparan.

Tres impactos traspasan el parabrisas delantero, pero no le dan a él. Otros dos impactos se escuchan desde su izquierda, destruyendo el vidrio trasero de ese costado… donde va su hijo durmiendo.

Es entonces cuando reacciona, abre la puerta, se baja y les dice a los delincuentes que se tranquilicen. Estos, de nuevo, lo agreden verbalmente y uno lo empuja para que se aleje del auto. Él les dice que tiene un niño, que debe sacarlo del auto.

El vidrio está roto, el niño no grita y sigue durmiendo.

Él está pálido por el miedo, ya está inmerso en la situación terrorífica, y se da cuenta de que, con todo ese escándalo, su hijo debería estar gritando. No durmiendo.

Dos disparos desde la izquierda y tres desde el frente.

Abre con frenesí la puerta de atrás y entonces el infierno cae sobre sus hombros y lo aplasta como a una mosca. El asiento está empapado, y no de agua. Su hijo de siete años, que le imploraba que jugaran por las tardes, que ya no se quería quedarse con su tata porque lo retaba mucho, está inconsciente, sentado tal como él lo dejó cuando lo pasó a buscar en la casa de sus suegros, pero ya no está vivo.

Tiene en su cuerpecito inocente tres balas que le robaron la vida.

Él grita tan desgarradoramente que su grito se escucha en las más profundas entrañas de las conciencias de dieciocho millones de personas.

Capítulo 1

Lugar: Palacio del Parlamento.
Fecha: Indeterminada.
Hora: 16:45.

Sin ser extremadamente pequeña ni exageradamente hermosa, era perfecta para pasar desapercibida; se podía colar en cualquier parte y pasaba como una funcionaria cualquiera, sin rango, sin nombre, sin color político, sin nada. Era una mujer normal, de treinta años, soltera y que usaba lentes porque no veía bien de cerca, según ella. Le habían dicho de niña que debía adelgazar, pero a ella eso le había importado un carajo, y el par de kilos de más que le decían que tenía, en realidad no eran tal, porque ella estaba en su peso para su metro y sesenta centímetros de altura.

Si bien su físico no era importante, su apariencia sí que lo era en ese trabajo. En realidad, nadie sabía qué hacía, nadie sabía cuál era su puesto oficialmente, y se le remuneraba a través del mecanismo de Gastos Reservados, esa arista de los presupuestos nacionales que daba para tantas cosas no necesariamente legales.

Nunca se molestaba cuando, en cada instancia, le pedían su credencial para dejarla pasar; la suya no era una credencial cualquiera y, cuando los funcionarios la veían, ella siempre notaba ese pequeño escalofrío que provocaba la sorpresa de su rango. Y lo sorprendente era que no tenía ninguno; la credencial solo decía, con letras grandes, «PRESIDENCIA DE LA REPÚBLICA». Era suficiente para abrir cualquier puerta, incluso las del parlamento.

Así que entró a paso veloz porque iba atrasada a ver la votación que se estaba llevando a cabo en aquellos instantes. Entró sin hacer ruido y se sentó en una de las butacas que estaban desocupadas a orillas del pasillo principal. Un senador de la oposición estaba dando un discurso explicativo sobre la inconveniencia de aprobar la ley en cuestión.

Catalina Espinoza no sentía odio por nadie, no sentía animadversión por los políticos de oposición, puesto que ella, en realidad, no militaba en ninguno de los partidos. Era una funcionaria de extrema confianza del Presidente, hábil, muy hábil, y esa inteligencia y preparación la habían llevado a ese puesto, sobrepasando cualquier preferencia política.

Por lo tanto, a ella sí que la odiaban desde todas partes. Y la temían.

A pesar de no sentir nada por ninguno de esos payasos, sí que le aburrían de sobremanera los discursos vacíos que todos y cada uno de ellos daban día a día en la televisión, en la radio, en el parlamento y probablemente en sus casas también. Así que mientras el honorable se explayaba (que estupidez era anteponer esa palabra en el cargo de esos personajes, pensaba ella) prefirió ordenar sus ideas para hacerse con el contexto completo y presentar su informe. Ese día trabajaría hasta tarde.

La ley que se estaba votando era resultado de una pugna desatada entre el gobierno y la oposición por un tema que, en la opinión pública, había calado hondo, muy hondo: la seguridad. La delincuencia desenfrenada y escalada a niveles de violencia nunca antes vistos en el país había provocado una profunda crisis en el gobierno, que le había costado el puesto a tres ministros del interior y a cuatro subsecretarios.

La cuestión era difícil de abordar; el narcotráfico era uno de los componentes principales en esa ecuación. El país tenía uno de los puertos más importantes del continente y apenas poseía un escáner para fiscalizar las mercancías que entraban y salían del país… ¡y además no se usaba por falta de mantención!

Ello contribuyó a que se transformara en el principal punto de exportación de drogas hacia Europa. No saltaron alarmas, no había responsables, nadie sabía nada. Para Catalina, eso era un indicio de que el narco ya estaba penetrando ya en esferas más altas: coimas en estamentos políticos, y a ello se sumaban policías sin la preparación adecuada, en general, maltratadas por la opinión pública por un pasado oscuro, producto de acciones en contra de los Derechos Humanos, y casi abandonadas a su suerte por el poder político.

También existía la inmigración descontrolada: el país se había convertido en un destino codiciado por migrantes de países cercanos debido a su estabilidad económica, envidiada en la región. Sin embargo, su infraestructura no estaba preparada para recibir a la gran cantidad de extranjeros que ingresaban, muchas veces sin control, por todas las fronteras.

Los que sí estuvieron muy preparados para recibirlos fueron los delincuentes, quienes aprovecharon técnicas delictivas desconocidas en el país y resultaron ser excelentes aprendices. En menos de un año, el sicariato pasó de ser algo prácticamente desconocido a una situación casi normal. Mafias completamente organizadas, con una logística envidiable, transportaban a los migrantes a través de las fronteras y los distribuían por distintos puntos del país, mientras las fuerzas policiales no estaban a la altura para enfrentarlas.

Tampoco había una inteligencia adecuada. Se registraron casos anecdóticos en los que jefes mafiosos extranjeros permanecieron largos períodos de tiempo en el país sin ser detectados, sentando las bases para la infiltración de grupos criminales internacionales. La precariedad de la «inteligencia» era tal que su principal edificio contaba con una sola entrada y dependencias diminutas con amplias ventanas; bastaba estacionarse frente al edificio y tomar fotografías hacia el interior para obtener las identidades de quienes trabajaban ahí.

El tema de las policías era sensible. Había dos cuerpos policiales: la Policía Nacional Científica, una policía civil y organizada para investigar con métodos científicos, modernos y avanzados; y estaba la uniformada, militarizada y dedicada al orden público: Los Húsares de la Nación. Esta segunda policía estaba muy vilipendiada por la opinión pública, primero por su participación en varios casos de violaciones a los derechos humanos durante la dictadura que había sufrido el país y, recientemente, por una serie de casos de corrupción en los que se vieron involucrados sus altos mandos.

Así que, en la actualidad, ante cualquier polémica, Húsares daba de baja casi inmediatamente al involucrado, y eso incluía las polémicas por uso indebido de la fuerza. Esto había llevado a que prácticamente quedaran atados de manos y en desventaja ante los delincuentes que actuaban con total impunidad.

En cuanto a eso, la justicia también era muy criticada por lo que se llamaba «puerta giratoria»; los delincuentes burlaban con mucha frecuencia unas leyes mal concebidas y peor ejecutadas por jueces que estaban siendo influenciados por corrientes políticas de izquierda, que veían en términos generales al delincuente como «una víctima del neoliberalismo».

Para muchos de esos jueces, los delincuentes eran «jóvenes abandonados por el Estado, sin oportunidades, que vieron en la delincuencia el camino fácil, pero con un poco de esfuerzo de la sociedad, podían encarrilarse, y por lo tanto no se podía ser tan duro con ellos»… pero sí que fueron muy duros con los húsares que dispararon y mataron a varios delincuentes en actos de servicio.

El punto de inflexión había llegado hacía unos pocos meses, cuando en una «encerrona», es decir, el intento de robo de un automóvil, una banda de asaltantes había matado a un niño de siete años que volvía a casa con su padre. La presión social obligó al gobierno a presentar un proyecto de ley que endurecía las penas para los culpables de asaltos con resultados de muerte y, al mismo tiempo, dotaba a la policía uniformada de un respaldo legal muy fuerte para que pudiesen usar sus armas de servicio en situaciones en que se vieran amenazados ellos o civiles.

Después de largas deliberaciones, el proyecto había llegado al Senado, y esa era esa la ley que Catalina esperaba que se aprobara. Con un Senado con mayoría de oposición, se habían tenido que hacer arduas negociaciones para llegar a la instancia final con algo de esperanza de que la ley sería aprobada y, de paso, se convirtiera en un triunfo para el gobierno, cuyo presidente rondaba el treinta por ciento de aprobación en las encuestas en su primer año de mandato.

Catalina volvió en sí cuando el senador terminó de hablar; ahora venían las votaciones. Con su habitual frialdad, esperó el resultado sin sentir esos nervios que sentía su jefe, el Presidente, que los calmaba con dosis cada día más altas y preocupantes de whisky escocés. Para ella se trataba de un trabajo y no de su pasión, aunque, de igual manera, lo hacía bien, muy bien. Sintió su teléfono vibrar y adivinó que el Presidente le estaba mensajeando para preguntarle qué tal iban las cosas. Ella prefirió esperar a que terminaran las votaciones para responder.

La sala estaba llena de periodistas también, puesto que el proyecto de ley había sido el tema central en el país las últimas semanas, y el bullicio era irritante. Sin embargo, todo quedó en silencio cuando se supo el resultado; incluso Catalina tuvo que admitir para sí misma un pequeño salto en su interior cuando el presidente del Senado dio el veredicto:

—El proyecto de ley votado en esta sala, ha sido rechazado por cincuenta votos en contra, treinta y tres votos a favor y diecisiete abstenciones.

Había sido una paliza.

Catalina supo entonces que tendría que pasar a comprar otra botella de escocés camino de vuelta a la Casa de la Presidencia. Y tendría que hablarle a su jefe directo sobre una idea que le había estado rondando en la cabeza desde hacía un tiempo.

Capítulo 2

Lugar: Casa de la Presidencia.
Fecha: Mismo día de la votación de la Ley de Seguridad Interna.
Hora: 19:23.

Se había tomado tres vasos ya, y los dos primeros de un solo trago. Catalina Espinoza esperó pacientemente a que el Presidente terminara de hablar (o más bien, de gritar) con su ministro del Interior y con los jefes de su coalición política. Recibió y escuchó al general director de Húsares Nacionales, dejó que su vocera de Gobierno se encargara de los periodistas, dio órdenes de que no lo molestaran y entonces se tomó los tres vasos del licor que ella le había llevado, para poder tener ese momento necesario y justo en que ella podía hablar, para ayudarlo a poner las cosas en perspectiva.

—¿Qué carajos pasó? —preguntó el hombre de cincuenta y dos años, pero novato en la política. Antes había sido un médico famoso.

—No tiene mayoría en el Senado, señor —respondió Catalina.

Ella era una funcionaria del Presidente, no se consideraba parte del gobierno, y su trabajo de asesora lo hacía desde una óptica externa; no se hacía parte del conjunto, era por eso por lo que no decía «no tenemos».

—¿Y no deberías haberlo anticipado? Me habría evitado este maldito bochorno. Un mes hablarán de esto en todos los noticiarios, me dejaron debilitado.

—Recuerdo haberle dicho que el proyecto tenía puntos de los que la oposición sacaría ventaja. Le dije que negociara con ellos antes de enviarlo al Senado.

Aplicada como siempre había sido, Catalina llevaba una bitácora de trabajo donde apuntaba las reuniones con el Presidente.

Había aprendido que el hombre era volátil y, siendo político, o sea, no podía fiarse de él.

Aun con esos antecedentes, ella creyó que, con el asesinato del niño hacía unas semanas, los senadores aprobarían el proyecto de ley y le darían el respaldo necesario a la policía uniformada, por último, como un acto para calmar a la población que reventaba de ira y quería ver cabezas rodando. Y las cabezas políticas que rodaban siempre eran un espectáculo bienvenido para la gente.

El Presidente se bebió otro vaso de un trago y se dejó caer en su butaca. Catalina permanecía de pie, imperturbable, fría, calculando las próximas palabras de aquel hombre desesperado por las encuestas a la baja en su popularidad, por el Senado en su contra y por la población furiosa que le exigía medidas drásticas contra el crimen. En ese contexto, el hombre solo hizo una pregunta que sonó casi a un ruego:

—¿Qué hacemos?

Catalina, que llevaba un buen tiempo madurando su idea, vio entonces que esa era su oportunidad. Al Presidente no lo molestarían en el resto de la tarde, porque todos estaban sacando cuentas, elaborando nuevos planes políticos y nuevas negociaciones, casi todos buscando cómo salvarse de un barco que se hundía.

Pero ella no. Le habían enseñado en su familia un valor que en ese mundo no se veía con regularidad: valentía. Lealtad también, pero ella no la aplicaba en ese hombre, no. Para ella, la lealtad era aplicable a personas de su mismo calibre, y conocía pocas que se la merecieran. Ella le trabajaba a ese sujeto, y dentro de esas funciones estaba el permanecer con él hasta que se hundiera por completo, no por lealtad, sino por una obligación contractual. La valentía sí que la usaba.

—Bueno, eso depende de qué es lo que usted quiere lograr —empezó.

—Necesito que la gente se sienta segura —respondió el Presidente—. Necesitamos la confianza de la gente para que nos apoye. Llevamos apenas un año apenas en el gobierno y nos quedan tres más. No lo lograremos sin el apoyo popular; con el apoyo de la gente, el Senado se verá obligado a aprobar las leyes que sean de carácter popular.

—Bien, ese es el punto base: la seguridad —continuó Catalina—, y para que la gente se sienta segura, pues tengo una idea, una muy radical que, con algo de tiempo, dará a la gente esa sensación de seguridad que usted necesita para recuperar la confianza de la población que lo eligió.

—¿Qué tan radical?

—Totalmente radical y muy, pero muy alejada de los marcos morales… y los marcos legales también.

La última frase hizo que el Presidente la mirara a los ojos. Ella entonces se sentó al frente suyo y le sostuvo la mirada. Sus ojos eran seguros, fieros, fríos. Los del Presidente eran los ojos de un político mentiroso, así que los desvió.

—Entonces no sirve, Catalina. ¿De qué manera voy a recuperarme de esto haciendo algo ilegal?

—Cuando tuvo que cambiarse de casa y trasladarse a las dependencias presidenciales, usted dijo que se iría a un barrio de clase media porque quería vivir lo que la gente vive día a día. Pero con un equipo de seguridad que lo vigila a usted y a su familia, eso es casi un absurdo, señor —Catalina a veces se daba esas licencias con el hombre—. Usted nunca va a sufrir un asalto, una encerrona, un portonazo ni nada de eso.

—¿Cuál es tu punto? —le preguntó el Presidente, algo molesto.

—¿Ha ido alguna vez a la Población Castellana?

Esa era una de las poblaciones más icónicas del país. Símbolo de la resistencia contra la dictadura, se había convertido en un bastión de la izquierda y, como tal, abandonada a su suerte, dejada por el Estado, olvidada. Aguerridos y luchadores, sus pobladores ocultaron entre sus calles y casas a muchos revolucionarios, y mucha sangre había corrido por sus calles en aquellos años.

Ahora, se había convertido en la guarida de narcotraficantes y delincuentes; casi todas las semanas daba noticias por sus crímenes, balaceras y muertes. La policía ya no entraba ahí. Pero sus pobladores seguían siendo el prototipo del «pueblo», ese pueblo que en los primeros días había apoyado al Presidente actual.

Pero el Presidente había ido ahí en campaña… rodeado, por supuesto, de un contingente policial que había sufrido como nunca ante esa visita. Su opositora en ese tiempo, una mujer de derecha, ni siquiera lo había intentado.

—Sabes que sí lo he hecho.

—Me refiero a antes de la campaña, a antes de que lo conocieran, cuando todavía no entraba en la política.

—No, obvio que no.

—Exacto. Yo vengo de una parecida —dijo Catalina—, del sur, pero parecida. El narco ha entrado y ha echado raíces en esas poblaciones, en casi todas ellas. Son un par de generaciones ya. Son poblaciones que han sido dejadas por el Estado, con gente que se siente abandonada, y es por eso por lo que el crimen entra con facilidad, porque cuando pasa esto, la gente guarda un rencor, alimenta un odio poco a poco.

—Ya lo sabemos, no es este el primer gobierno que se enfrenta a eso. A mí me lo recalcan más, pero no es el primer gobierno que…

—Sí, pero a lo que voy es a algo que se escucha poco en los círculos políticos porque es difícil de abordar. Mire, piense en esto: cuando una cuadra completa de una población es ocupada por narcotraficantes, estos sujetos forman familias, tienen hijos, y esos niños se crían viendo a sus padres delinquir. No solo traficando, sino que cometiendo otros ilícitos. Lo normalizan.

—Se crían y sientan sus bases culturales rodeados de ese ambiente, que se esparce a otros niños del sector con los que comparten con ellos en el colegio, en la locomoción colectiva. Escuchan música urbana que glorifica la vida fácil, el dinero rápido y la adrenalina, los autos veloces, mujeres hermosas…

Santifican al delincuente muerto en una refriega, pintan murales en su honor en las poblaciones, levantan animitas donde el sujeto murió. Día tras día, los niños viven eso, y esos niños crecen, vuelven a tener hijos y el círculo se cierra.

—Sigo sin ver la relación, Catalina.

—¿Escuchó en algún momento de lo que le dije la palabra «trabajo», la palabra «valores» o la palabra «familia»?

El Presidente puso atención; ahora sí que estaba captando la idea.

—Es en ese punto donde se pierde el piso social. Es ahí donde se quiebra el equilibrio que mantiene a la sociedad; es mucho más atractivo para cualquiera de esos niños vivir del crimen que salir a trabajar todos los días del resto de sus vidas para mantenerse, porque no han visto en sus vidas otra cosa, no hay donde perderse.

»Cuando tenemos a niños que se crían en ese ambiente, se pierde la cultura del trabajo, de los valores honestos, de la sensación de hacer las cosas bien. Se pierde el sentido de la familia trabajadora y honesta, y se cambia por el de la familia criminal, que lucha contra el sistema, un sistema que la ha abandonado, pero que con dos o tres asaltos al mes puede mantener un nivel de vida mejor que el trabajador promedio.

Corren riesgos, sí, pero eso convierte sus vidas en algo mucho más atractivo, porque los preceptos sociales que mantienen a las personas se han perdido, se han cambiado por otros nuevos. Y es muy difícil cambiar algo así, porque ya es una o dos generaciones que se han criado sin ver ni entender otra cosa.

Hemos alivianado nuestras propias leyes sociales, leyes que desde hace siglos han mantenido estable a la sociedad actual, y con las cuales somos los países que somos; pero eso se ha corrompido. Ahora se habla más de derechos que de obligaciones. Todo el mundo exige, pero muy pocos entienden que también que se deben hacer cosas para tener esos derechos, que existen obligaciones. La educación se ha relajado porque antes era demasiado estricta, y los niños y jóvenes se estresaban.

Los trabajadores exigen cada vez más derechos, y eso está bien, pero les molesta cuando se les habla de sus propias obligaciones contractuales. Los niños crecen con teléfonos en las manos, expuestos a una inmensa cantidad de información, pornografía, juegos violentos, y se van olvidando de los valores familiares. Ya muy pocas familias comparten momentos al día con sus hijos.

Todo el mundo empieza a culpar de todo lo malo al sistema, un sistema poco equitativo, un sistema corrompido por la corrupción en todos sus estamentos. Es el caldo de cultivo perfecto para que la cultura criminal reemplace paulatinamente a la cultura social, que está en decadencia.

—Pero volviendo al punto anterior y resumiendo: es muy poco probable que un criminal formado en esa vida desde niño pueda cambiar.

—¿Entonces? Porque supongo que todo este análisis sociológico nos lleva a algo, ¿verdad?

—Un presidente una vez dio el siguiente ejemplo: él pensaba que un adicto a las drogas era poco probable que se rehabilitara. Me refiero a un adicto completo, uno que ya haya estado inmerso absolutamente en las drogas. Entonces, en ese sujeto, los programas de rehabilitación no van a funcionar; no se recuperará y nunca será un elemento que aporte o que retribuya a la sociedad. Robará, matará, será un criminal; romperá todos los cánones sociales porque su necesidad adictiva será superior a su conciencia social.

»Ante eso, y aunque moralmente es reprochable, es más rentable para el Estado administrarle una dosis regularmente y que el sujeto se mantenga relativamente estable, drogado y satisfecho hasta su muerte, en vez de intentar una y otra vez recuperarlo como elemento productivo, gastando ingentes recursos de toda índole, porque eso no funcionará.

—Ya sé quién fue ese... —adivinó el Presidente.

—Ahora bien, creo que esa misma idea es aplicable a un criminal.

—¿Y qué quieres? ¿Que lo dejemos vender drogas en las esquinas de todos los barrios, que robe, que viole y que mate sin control?

—No, nosotros no lo mantendremos satisfecho y controlado; nosotros lo mataremos.

Capítulo 3

Lugar: Casa de la Presidencia.
Fecha: Mismo día de la votación de la Ley de Seguridad Interna.
Hora: 20:07.

El Presidente se levantó de su silla y se pasó la mano por la cabeza; por un segundo pensó que Catalina estaba bromeando, pero ella era una mujer poco dada a los chistes.

—¡Cómo carajos me dices algo así! —le increpó.

Ella levantó su mano derecha para indicarle que todavía no había terminado.

—No se trata de ir por las calles y matar a cuanto dealer que vende en las esquinas o cuanto asaltante que roba en los paraderos de la locomoción colectiva; hay que hacerlo bien.

—¿Y cómo demonios sería para ti «hacer bien» matar a un ser humano?

—Hay sujetos que tienen decenas de órdenes de arresto, que han pasado varias veces por la cárcel. Hay sujetos que han cometido crímenes atroces, que han matado policías, niños, que han violado... Esos cretinos no van a cambiar. No hay programas gubernamentales que lo logren; no existen.

—Por supuesto que no podemos ser tan simplistas como ir y eliminarlos a todos; oficialmente se debe hacer un trabajo estatal importante para recuperar los espacios que el crimen ha ido robándole a la ciudadanía: calles, plazas, espacios públicos. Hay que hacer programas de ayuda a niños, familias de escasos recursos, para que se den cuenta de que hay otras opciones mucho más legales y, por sobre todo, satisfactorias moralmente para salir adelante, además del crimen. Así taparíamos lo otro.

El Presidente se rio desganado ante toda aquella exposición; no se la creía.

—Nadie haría algo como lo que estás proponiendo, Catalina. De hecho, debería despedirte por esto. Sería lo más decoroso: pedir tu renuncia.

—Pero no lo hará, porque algo en su interior, algo muy humano y verdadero, tan verdadero como lo que siente la mayoría de la gente, sabe que tengo razón. Por supuesto que usted, oficialmente, no puede avalar algo así porque lo destituirían de inmediato, pero en su interior sabe que es verdad y sabe también que, buscando, se pueden encontrar personas capaces de hacerlo.

Se produjo un silencio incómodo, cortante. Catalina no dijo más porque adivinó que el Presidente, ya sin la adrenalina que había sentido minutos antes por lo sucedido en el Senado y ya mucho más calmado y en sus casillas, estaba meditando su propuesta. No la rechazaba por completo. Nunca lo admitiría, pero, como ella decía, algo en su interior —como en el interior de la mayoría de la población del país— quería la venganza por lo que pasaba.

No era ético pensar así, no era aceptable, pero para muchas personas era necesario ya. Se debía buscar la forma de enfrentar el crimen de una manera dura, decidida, fuera de los marcos legales, porque esos marcos estaban desactualizados y les daban ventaja a los criminales. El mal había crecido con tanta rapidez ese mal, que no le había dado tiempo a las instituciones para reaccionar y anteponerse a lo que se venía, y eran tantos los factores los que influían, que hacía muy complicado que el aparataje estatal se moviera de forma coordinada para enfrentarlo. Entonces, había que actuar de manera sucinta, paralela, para así ponerle algo de freno.

El problema con una medida tan radical era que no tendría rostro; nadie sabría quién estaría detrás de ello, y eso suponía un gran inconveniente. Cuando aparecieran criminales muertos, la fiscalía tendría la obligación de buscar a los responsables…

responsables que dependerían de alguien, y así irían deshilvanando la madeja. El escándalo no tendría precedentes.

Por lo tanto, algo así no podía ser oficial; no podía depender de alguien con algún cargo en la actual administración, ni de ningún general u otro oficial de alto rango de las Fuerzas Armadas o de cualquier institución armada. Catalina tenía eso claro y sabía que, lo más probable, era que ella se tuviera que encargarse de todo, que ella fuese la responsable. Y como tal, se había preparado para ello.

—¿Entiendes que si por alguna casualidad yo dijera que sí, lo negaría absolutamente si no funcionara, cierto?

—Por supuesto.

—¿Y entiendes que nadie del gobierno puede verse implicado y, por tanto, nadie puede saberlo?

—Obviamente.

—¿Y entiendes entonces que quien lleve a cabo esa idea debe ser alguien que no dependa de ninguna institución gubernamental?

—Sé que yo tengo que ser esa responsable, señor, lo tengo claro o no habría propuesto algo así.

Volvió a invadir la sala un silencio incómodo, a la espera de la respuesta definitiva. Esos silencios siempre eran molestos, pero Catalina ya estaba acostumbrada; para ella eran una forma de presión. Le habían enseñado que, a veces, guardar silencio a la espera de una respuesta era mejor que seguir presionando, porque la ausencia de palabras empujaba al interlocutor a hablar para terminar con la incomodidad. Y muchas veces esa respuesta esperada era favorable para quien había propiciado el silencio.

El Presidente esperó varios segundos eternos, dándole vueltas a la idea, intentando que la presión no lo venciera, pero fue demasiado. Miró la cara sin emociones de Catalina.

—Bien, estarás a cargo, pero extraoficialmente. Nada de esto quedará registrado en ninguna parte y me reportarás a mí semanalmente. Estarás sola si fracasas.

—Perfecto. ¿Recursos?

—Los tendrás; Gastos Reservados.

—¿Cobertura judicial?

—Ninguna. Si los atrapan, irán a prisión, así que más vale que no cometan errores.

—Dentro de los recursos necesitaré inteligencia.

—No la tendrás de las agencias gubernamentales.

—Al menos un informe de las Policías, bajo el pretexto de un estudio sobre criminalidad.

—Ok, pero eso será todo.

—Bien, será suficiente, con eso puedo seguir adelante.

Catalina dio por terminada la reunión y salió despidiéndose rápidamente del Presidente. Ya no quería seguir hablando; ahora tenía mucho que hacer, pues debía aprovechar la efervescencia actual para formar su equipo. En realidad, ya tenía la arquitectura de su plan, porque era algo en lo que venía pensando y trabajando desde hacía mucho tiempo. Había recolectado fichas de los posibles miembros, instalaciones, equipos… tenía casi todo pensado. Ahora solo debía juntar las piezas y poner en marcha la máquina.

Ella sería la líder ideológica, pero, obviamente, necesitaba un jefe operativo, alguien que estuviera supervisando de cerca todo. Se encargaría de suministrarles lo que necesitaran, y eso incluiría un muy buen equipo jurídico, pero no tenía idea de acciones tácticas; por eso por lo que necesitaba a alguien con ese tipo de experiencia.

Y claro que conocía a uno.

Capítulo 4

**Lugar: Campo de entrenamiento de la empresa de seguridad
«Cerberus».
Fecha: Indeterminada.
Hora: 10:45.**

Vio el vehículo que se acercaba a toda velocidad por el camino
sin pavimentar, levantando una nube de polvo que mimetizaría
el automóvil con el color de la tierra. Costaría trabajo limpiarlo.
A él le gustaba la limpieza, y aunque no era fanático de los autos,
se esmeraba por mantener el suyo lo más limpio posible. Con
hijos a los que transportar al colegio diariamente y compartién-
dolo con su esposa, era una tarea perdida, pero su mentalidad,
formada por años de experiencia militar especial, lo obligaba a
continuar intentándolo sin rendirse.

Sin rendirse jamás en ninguna cosa.

Cuando el auto intruso se estacionó, supo que era alguien
importante, porque no le pertenecía a ninguno de sus jefes ni
a algún empleado de la empresa. Y no era llegar y entrar a ese
campo, a menos que se tuviesen contactos con esferas de altos
mandos militares o policiales. Así que podría ser un coronel. A
veces iban a pedir asistencia técnica.

Pero cuando vio que del vehículo se bajaba una mujer de mediana edad, que podría pasar desapercibida en cualquier parte,
supo que lo buscaban a él. Y eso no era bueno, porque esa mujer
invisible era terriblemente poderosa; lo conocía y le había dicho
hace un tiempo que lo iría a buscar.

—Mierda —exclamó para sí mismo, poniéndole el seguro a la
carabina con culata plegable con la que estaba practicando puntería.

La mujer mostró una credencial a los tipos que se le acercaron e intercambió un par de palabras con ellos. Uno indicó en su dirección, y la mujer caminó hacia él, pero se detuvo cuando vio la línea demarcatoria del polígono. Entonces levantó su mano, y él no pudo seguir evadiéndola, por lo que caminó a su encuentro. A medida que se acercaba a ella, le quedó más que claro quién era, y más que claro a qué iba.

—Teniente coronel Requena, es un gusto verlo —dijo la mujer, extendiendo su mano.

Aníbal Requena respondió el saludo, pero sin hablar. No se había quitado las gafas oscuras, llevaba puesta una gorra negra con el logo de Cerberus y vestía ropa táctica color marrón, acorde con el terreno. Usaba barba y bigote, pero el pelo corto. Las gafas impedían ver que su ojo izquierdo no funcionaba, aunque no lo tenía cubierto con ningún parche. Era bajo, pero bien proporcionado, y se notaba que se mantenía en forma, a pesar de sus cuarenta y seis años.

El ojo lo había perdido cuando ya estaba terminando su carrera en terreno. Había sido oficial del ejército, en el arma de artillería, pero tenía las especialidades secundarias de paracaidista, comando y combatiente especial. Por estas capacidades técnicas había servido como instructor en la Escuela de Fuerzas Especiales en los cursos de comando y combate especial. Había realizado misiones en el exterior: en Haití, El Congo, y había estado destinado en la embajada del país en Londres durante un año como miembro del equipo de seguridad del embajador.

Su carrera había sido extensa, y él la había querido extender más de lo habitual; acostumbró siempre acostumbrado a estar en primera línea, desde joven fue escogido para liderar equipos. Cuando cumplió treinta y cinco años, le ofrecieron salir del frente, pero él se negó, aun cuando esa era la edad general en la que los operadores tácticos dejaban de accionar. Duró cinco años más, hasta los cuarenta, gracias a su excelente forma física, hasta que tuvo un accidente en un salto de paracaídas de entrenamiento nocturno que le costó el ojo izquierdo. Ya era teniente coronel, y él no quiso seguir en un escritorio, así que prefirió la baja.

Le dolió, pero quería irse en lo alto de su carrera. Siempre le había costado asumir su edad, aunque, más que su edad, lo que le costaba era aceptar que no podría seguir haciendo su trabajo por siempre. El cuerpo se desgastaba con los años, perdía rapidez y fuerza, y no sería el mismo para siempre. Por suerte, y gracias a su impresionante currículum, encontró trabajo de inmediato en Cerberus.

Primero hizo un par de trabajos en el exterior, en Irak y en Ucrania, donde sus conocimientos adquiridos en las Fuerzas Especiales le salvaron la vida en más de una oportunidad. Luego, la empresa, que se dio cuenta del gran activo que era, prefirió dejarlo al margen de esas acciones más riesgosas y lo ascendieron para que se encargara de diseñar los cursos de entrenamiento para los recién llegados.

Los cursos fueron un éxito tan grande que regularmente se entrenaban allí también operadores de las tres ramas de las Fuerzas Armadas y de los Húsares. Ahora, en este momento, le habían encargado el diseño de un curso táctico para la Unidad de Reacción Rápida de la Policía Científica, que había tenido una escandalosa derrota hace unos meses en un operativo en el sur del país.

Cerberus era la única empresa privada de Sudamérica que podía ofrecer cursos con conocimientos similares a los que se adquirían en el Delta Force estadounidense, el Sayeret Matkal israelí o el KSK alemán, aunque no eran iguales a los del SAS británico o los SEAL de Estados Unidos. Ahora querían ser los primeros en ofrecer cursos similares a los de los mejores equipos policiales del mundo, como el SWAT estadounidense o el GSG9 alemán. Y Aníbal creía poder lograrlo.

Pero ya sabía que todo se había truncado en el momento en que había estrechado la mano de Catalina Espinoza.

—Ojalá pudiese decir lo mismo —respondió con frialdad Aníbal Requena.

Se habían conocido hacía un par de años, cuando él ya no servía en el Ejército. Fue en una recepción a la que fueron invitados algunos ejecutivos de Cerberus al palacio del gobierno, y Aníbal fue disimuladamente como guardaespaldas del Gerente General. Catalina también estaba ahí, discretamente, como asesora del entonces candidato a Presidente, el mismo que estaba ahora ocupaba el cargo. A altas horas de la noche, hubo un altercado en el que el entonces candidato agredió físicamente al Gerente de Cerberus, y Aníbal, cumpliendo con su trabajo lo mandaba, redujo al candidato violentamente, aunque fuera de la sala, y se armó el escándalo.

En medio de amenazas de demandas y promesas de venganza como «te vas a acordar de mí» acompañadas de improperios, Aníbal fue salvado por la intervención de Catalina, quien convenció al candidato de olvidar el incidente, ya que los periodistas no se habían enterado. No valía la pena perder energía y recursos en aquel sujeto.

Sin embargo, Catalina no lo había olvidado, porque esos favores siempre se podían cobrar. De hecho, cuando el escándalo pasó y el licor volvió a alegrar la velada, la mujer se acercó a Aníbal y le dejó en claro que había quedado en deuda con ella.

—En algún momento volveremos a vernos, no olvide esta noche —le dijo en un tono indescifrable, entre solicitud y amenaza.

Y, como no podía ser de otra manera entre los dos por la naturaleza de sus ocupaciones, ambos se investigaron mutuamente. Catalina guardó el expediente de servicio del violento guardaespaldas, y Aníbal descubrió que no había en absoluto nada sobre Catalina, lo que la convertía en alguien muy peligrosa. Así se mantuvo latente la relación entre ambos, y aunque nunca más se volvieron a topar hasta ese día, ninguno olvidó el incidente.

—Necesitamos hablar —volvió a decir Catalina.

—Me imagino que viene a cobrar ese antiguo favor.

—Efectivamente, pero es más complejo que eso. Me gustaría que habláramos en otra parte.

El complejo tenía una cafetería bastante bonita y bien surtida, por lo que Aníbal la invitó a tomar un café ahí. En su interior, deseó que ese café fuese el pago por el favor de hacía tanto tiempo, pero sabía que las cosas nunca eran tan simples.

Ambos se acomodaron, y Aníbal analizó a la mujer en todos sus detalles, detalles que se notaba que ella cuidaba mucho. Uñas cortas y sin pintar, salvo por un brillo sutil; aros pequeños; sin labial; peinada de forma discreta; vestía ropa que no llamaba la atención, pero que la hacía ver bien, sin maquillaje llamativo en los ojos. Bonita, pero sin ser destacablemente bella. Calzaba zapatos cómodos, lo que indicaba que o caminaba mucho o debía estar mucho tiempo de pie. Iba perfumada discretamente, sin accesorios como anillos o colgantes. En resumen, nadie podría dar una descripción concisa de ella, nadie podría identificarla con precisión.

Catalina, luego de pedir un americano, sacó de su bolso tipo bandolero dos carpetas grises; abrió la primera y se la mostró a Aníbal, quien pudo ver de inmediato que era su expediente militar.

—Veo que hizo su tarea —dijo, sin la necesidad de leer todo ese papeleo.

—Tiene una excelente hoja —respondió Catalina—. Sus capacidades se ven pocas veces en el personal militar de países como el nuestro; son muy pocos los que adquieren habilidades así, puesto que las nuestras son fuerzas pequeñas.

—Pero yo ya no estoy activo.

—Y eso es lo mejor.

La mesera llegó con el pedido de ambos, y esperaron a que sirviera para continuar la charla. Aníbal quiso ir al grano de inmediato; no le gustaban las vueltas que por lo general daban los políticos, aunque se notaba que esa mujer no era política.

—¿Qué quiere de mí? —le exigió Aníbal, algo molesto.

—Necesito que forme, entrene y lidere un equipo especial —respondió Catalina.

—¿Para hacer qué cosa?

—Para que vaya a la guerra…

Aníbal sonrió; le pareció exagerado. No podían ir a ninguna guerra.

—Una vez un general dijo: «soy un hombre feliz, no estoy en guerra con nadie». Yo le digo lo mismo a usted —respondió.

—Bueno, no es una guerra convencional, por eso lo busqué a usted. Le diré algo que es confidencial, solo porque conozco sus antecedentes y sé que, por el honor que su carrera le ha proporcionado, no divulgará nada de esto.

—Quiero que forme y guíe a este equipo para que elimine a una lista de objetivos, pero que sea de tal manera que las muertes no se puedan esclarecer, que no queden rastros y que sea limpio…

—Ninguna muerte es limpia, señora.

—Me lo imagino, pero la lista que le daré no es de seres humanos normales, no son ciudadanos ejemplares.

Aníbal sintió un escalofrío. Había alcanzado a vivir en dictadura, y los detenidos desaparecidos aún eran una huella que no se borraba de la memoria nacional. No quería ser parte de un episodio parecido, así que se levantó de la mesa con la intención de irse.

—Lo siento, pero no la voy a ayudar en algo así. Puede demandarme por lo que le hice al payaso ese hace un par de años, pero no seré parte de lo que usted me insinúa. Y descuide, no hablaré con nadie de esto, y considere que ya es más de lo que mi honor me obliga.

—En esa lista está el hijo de puta que mató a ese niño en una encerrona hace unos meses. Tengo entendido que el pequeño era familiar suyo, ¿o no? —lanzó Catalina, sorbiendo un poco del humeante café.

Siempre hay puntos en donde una persona deja de pensar de forma consciente y civilizada y se deja llevar por impulsos que son primitivos que son inherentes a nuestra especie, impulsos que, en alguna medida, ayudaron en los albores de la humanidad a que la especie se mantuviera con vida. Uno de esos impulsos era el cuidado por la familia, por los niños. Catalina sabía usar esos impulsos y los manipulaba para su beneficio. El teniente coronel retirado no iba a ser una excepción.

Por su parte, Aníbal se detuvo en seco al escuchar esa frase que encendió un interruptor en su cabeza. El niño, efectivamente, era su sobrino, el hijo de su hermano. Este le había rogado que hiciera algo cuando las investigaciones policiales no llegaron a nada. Aníbal le dijo que no podía hacer nada porque ya estaba fuera del Ejército y porque, en realidad, no tenía contactos con nadie para intervenir.

Le había dolido la muerte del niño, por supuesto, y sintió también una fracción de la rabia y el dolor de su hermano al no poder obtener justicia. Pero Aníbal había sentido que no podía hacer mucho, que al final debía dejar que las instituciones funcionaran… aunque en la práctica, eso no sucedió en el caso de su sobrino, ni en varios otros casos más.

—Ese es un truco muy sucio —dijo Aníbal, volviendo a la mesa.

—No es un truco, véalo como una ventana que se está abriendo en su familia para que logre la justicia que los tribunales le negaron.

—Eso no es justicia, es venganza, y tienen connotaciones distintas.

—No nos veamos la suerte entre gitanos, Aníbal. Ambos sabemos que lo que les pasó fue injusto, y sea venganza o justicia, tanto su hermano como usted quieren que este desgraciado —Catalina le mostró una ficha con los antecedentes del sindicado como autor material de los disparos que mataron al niño en esa encerrona— pague también con su vida.

Los dos sabemos que, aunque todos los organismos de Derechos Humanos de este mundo digan que todas las vidas valen lo mismo, en la práctica eso no es así. Estadísticamente, las probabilidades decían que su sobrino tendría una educación decente, sería un profesional o un técnico, y contribuiría con su trabajo a engrandecer el país. Formaría una familia, pagaría impuestos, contribuiría al sistema de pensiones; sería, en resumen, un elemento útil en nuestra sociedad.

—Por otro lado, el malnacido este tiene antecedentes por hurto, robo a mano armada, riña, microtráfico, porte ilegal de armas y ahora homicidio. Tiene veintiséis años y viene de una familia disfuncional: madre drogadicta, padre alcohólico que también tiene antecedentes por violencia doméstica y robo en lugar habitado. Ha estado dos veces en prisión cumpliendo condenas y ahora está prófugo. En resumen, es una carga para el Estado. Ponga a ambos en la balanza; yo diría que las dos vidas no valen lo mismo, la de su sobrino valía más.

Se quedaron en silencio un momento, y Aníbal vio cómo esa mujer inescrupulosa se terminaba el café. Él tenía ganas de abofetearla por inmiscuirse tan dentro de su mente, de sus sentimientos. Sintió rabia por esa habilidad de escudriñar en las profundidades de su alma, pero tenía razón. Eso era lo peor: la verdad. Aníbal siempre había sido políticamente correcto, se había comportado como lo dictaban las normas sociales y como lo dictaban las normas militares; imparcial, no deliberante.

Pero la muerte de su sobrino era algo que iba más allá de su comportamiento civil y militar. Era algo que entraba en su interior, en su núcleo íntimo, y no se podía quedar así. Su hermano aún estaba destruido, al igual que su cuñada, y él siempre sentía impotencia al no poder ayudarlos de ningún modo. Ahora esa cínica mujer le estaba ofreciendo una oportunidad de hacer algo.

Pero había un problema.

—Suponiendo que lograra formar su equipo de asesinos, y según mi experiencia en este tipo de operaciones, todo será en secreto, puesto que no me imagino que usted saldrá en algún canal de televisión diciendo que es la responsable de matar a lacras sociales. No, eso no va a pasar. Solo saldrá en la televisión y en los medios la información de la muerte de tal o cual narcotraficante, asesino, violador, o no sé a quién carajos más tiene en esa carpeta.

Ahora bien, mi pregunta es: ¿Qué rayos va a conseguir con eso? Usted le trabaja a un político y busca un beneficio político, beneficio que no logro ver en este plan. Nunca nadie sabrá quién está matando a criminales. De hecho, va a tener a la Fiscalía tras sus pasos. Morirán criminales, pero nadie se beneficiará de eso porque nadie sabrá quién ni por qué los están matando.

—Tiene razón a medias —respondió de inmediato Catalina, que parecía que ya había pensado en todo—. Véalo de este modo: imagine que hay un sitio eriazo lleno de basura y malezas y usted quiere construir una población para familias de escasos recursos ahí. ¿Qué es lo primero que haría?

—Lo limpio.

—Exacto, pero no lo hará usted con sus propias manos. Mandará a un equipo de limpieza del que nadie se acordará; ellos harán ese trabajo pesado y desagradable, y meses después, con las casas levantadas y listas para entregárselas a la gente, aparecerán los políticos para ganarse los aplausos y los agradecimientos.

—Nosotros haríamos lo mismo; haremos un trabajo de limpieza, y luego el Estado recuperará los espacios que irán quedando. Haremos retroceder a los criminales, les infundiremos miedo, desorganización, recelos, para que se replieguen, y entonces las instituciones estatales irán ganando terreno para levantar centros comunitarios, plazas con juegos para niños y espacios públicos donde antes había un nido de crimen.

»Se crearán programas de ayuda y asistencia para familias que han vivido rodeadas de criminales y que no conocen otra vida. El Estado volverá a poblaciones de las que se había retirado. Eso es lo que ganarán los políticos. Porque ese Estado siempre está representado por alguien.

—¿Y qué ganaré yo, aparte de mi venganza? ¿Qué ganarán los otros que se unan?

—El dinero siempre es un buen argumento; les pagaremos bien, muy bien.

—Estaremos arriesgando nuestras vidas.

—Sus familias quedarán aseguradas, y se garantizará que sus hijos o quienes ustedes declaren beneficiarios, puedan estudiar gratis en las mejores universidades del país. Lo haremos pasar como un programa de becas del que resultaron beneficiados.

Aníbal miró detenidamente la carpeta que contenía el prontuario del asesino de su sobrino. Era un momento crucial en su vida; su hermano jamás le perdonaría decir que no, jamás. Aun sabiendo que éticamente semejante propuesta era inaceptable, sus más primitivos sentimientos le decían que debía aceptar, así que siguió esos sentimientos y bloqueó los que le decían que aquello era salvaje y brutal.

—Muy bien, lo haré. Pero yo quiero escoger a los miembros del equipo —dijo al fin.

—Por supuesto —respondió Catalina—, solo tengo como salvedad que no deben ser miembros activos de las Fuerzas Armadas, y uno de ellos lo quiero proponer yo. Usted lo evalúa después y me dice si sirve o no.

—Sí, obviamente. Serán retirados. En cuanto a su hombre, ok, pero si no sirve, lo sacaré de inmediato.

—Entonces estamos bien, ¿cierto?

—Solo una pregunta más: ¿qué pasará si nos cae encima la Fiscalía?

—Bueno, mire, oficialmente el Ejecutivo desconocerá cualquier relación con nosotros, pero dentro de los recursos con los que voy a disponer, tengo destinada una suma para defensas penales en caso de que… algo pase. Pero no debería ser el caso si usted es tan bueno como dice su archivo.

—Esto es algo que no se ha realizado nunca aquí, no al menos en democracia.

Catalina se levantó de la mesa y se encaminó con Aníbal hasta la puerta; estaban terminando esa reunión ya.

—Democracia, dictadura, parlamentarismo, caos… todos los regímenes tienen un punto en común —dijo Catalina, sin dejar de caminar hasta su auto—. Todos, sin excepción, se sostienen con un elemento que nadie tiene el valor de asumir; todos se mantienen en el poder por el dominio que ejercen sobre la fuerza. Quien tiene la fuerza, tiene el poder. Pues ahora nosotros, usted y yo, ejerceremos esa fuerza.

Capítulo 5

Lugar: Algún lugar del sur del país.
Fecha: Indeterminada.
Hora: 14:27.

Había tenido su minuto de fama hacía unos años por su reacción ante un intento de asalto a la persona que tenía por misión proteger. Ella pertenecía a la Policía Científica, pero estaba especializada en la protección de personas, y en ese momento la habían asignado como escolta de una ministra, pues esa ministra había solicitado específicamente una mujer para su equipo de seguridad.

El hecho se produjo en un semáforo; el conductor del vehículo estatal de la ministra se detuvo en una luz roja, justo detrás de un automóvil sedán de color gris, del que se bajaron tres sujetos armados. El conductor no reaccionó, pero ella, que iba de copiloto, sí lo hizo. En menos de un segundo, tal como se apreciaba en el video subido a redes sociales por varios ociosos, sacó su arma de la funda de su costado izquierdo y abrió fuego desde el interior, sin esperar otro accionar de los delincuentes, que era evidente que intentarían asaltarlos.

El parabrisas quedó hecho trizas, pero uno de los asaltantes cayó desplomado; los otros dos retrocedieron disparando, y ella se bajó del auto haciendo gala de una frialdad y valentía excepcionales. Se cubrió con la puerta y devolvió el fuego, dándole a otro en una pierna. El tercero se perdió. Solo segundos duró todo, segundos que la convirtieron en una celebridad porque alguien filtró el video a las redes sociales y a internet, y se vio en todos los noticieros.

La ministra le agradeció hasta el cansancio y pidió que no la separaran de ella hasta el término de sus funciones. Luego de eso, la vida de Daniela Ballesteros cambió: salió de la división de Protección de Personas y fue trasladada al sur, donde se vio envuelta en procedimientos policiales polémicos, en los que resultaron heridos de bala cuatro sospechosos. Los sumarios internos dieron como resultado que Daniela era una funcionaria de «gatillo fácil», y eso no era bien visto en la Policía Científica, donde se daba más prioridad a la investigación detectivesca que a la acción.

Intentó entrar en la Unidad de Reacción Rápida para aprovechar su supuesta facilidad para apretar el gatillo, pero rechazaron sus solicitudes debido a los sumarios con resultados poco favorables hacia sus acciones. Así que, sin mucho más que hacer y hastiada por el poco apoyo de su institución, pidió la baja con treinta y cinco años.

Baja que se estaba cursando cuando recibió en su casa a ese hombre más bien bajo y atlético, al que recordaba haber visto en alguna oportunidad.

Se habían contactado previamente por teléfono, y ella prefirió entonces un encuentro en persona para ver en detalle el ofrecimiento. No era estúpida, así que si la reunión era en su casa, era porque allí ella estaba en condiciones favorables en caso de una trampa. Se sabía defender bien y siempre portaba un arma.

Aníbal Requena entró y permaneció de pie hasta que la joven lo invitó a sentarse. Le ofreció algo de beber, pero el hombre se negó; no quería que fuesen amigos, él solo necesitaba de esa mujer bonita, de pelo castaño y ojos cafés, su habilidad para disparar.

El hombre le explicó que estaba formando un equipo de expertos en varias disciplinas tácticas y le faltaba un tirador prodigioso.

—Yo no soy tiradora de precisión —dijo Daniela, que por un momento se había ilusionado.

—No es eso lo que busco —respondió Aníbal—. Necesito un tirador que pueda efectuar fuego de cobertura, que reaccione con rapidez y eficacia ante situaciones… estresantes, por decirlo así.

—¿Y qué se supone que vamos a hacer, ir a una guerra? —preguntó Daniela, medio en broma, medio en serio.

—Algo así. No te adelantaré nada más hasta saber que cuento contigo. Se pagará muy bien, no hay que salir del país, y haremos algo en lo que tú te manejas. Te recuerdo desde el curso que te mandaron a hacer con nosotros en Cerberus; eras buena disparando, precisa, rápida, sobre todo con armas cortas y subfusiles. Necesito esas habilidades.

Daniela lo pensó un momento; el dinero era un buen incentivo y la falta de hacer algo útil la estaba hastiando, pero no saber qué era lo que le pedirían hacer la frenaba a decidirse.

—¿Y si digo que tal vez podría aceptar, me adelantarías algo sobre el trabajo? —preguntó.

—En realidad, son varios trabajos —respondió Aníbal—. Se te pagará por cada uno de ellos, pero debes completarlos todos, no puedes retirarte a mitad de camino. Solo te diré que no será legal; actuaremos por fuera de los márgenes de la ley.

Eso era otro punto para decir no. Ella había sido policía no hasta hacía mucho, y el sentido del deber aún lo tenía en sus venas. Hacer algo ilegal no le reportaba un buen augurio.

—Si no es legal, entonces es un delito, y yo no quiero problemas —respondió Daniela—, fui policía.

Aníbal la observó unos segundos; no se quería darse por vencido, porque sabía que no encontraría a otra persona con esas habilidades. Ya tenía claro que serían cuatro o cinco operadores, y dos de ellos debían ser tiradores excelentes: uno era él, el otro debía ser Daniela. Le importaba sobremanera ese miembro del equipo, porque sería quien daría el fuego de cobertura junto con él; ambos serían los que cubrirían a los otros.

—¿Por qué te saliste de la Policía Científica? —le preguntó—. Aún te quedaban muchos años ahí, eres joven. ¿Por qué pediste la baja?

—Porque no me dejaron entrar en la Unidad de Reacción Rápida, me trasladaron al sur y me sumariaron por... bueno, por varias cosas.

—¿Cuántos de los que metiste a la cárcel cumplen condena? ¿Cuántos salieron libres al instante cuando tú hiciste un trabajo de meses para atraparlos? ¿No te parece injusto eso? ¿No te gustaría corregir de algún modo esos errores?

Eso era verdad. En muchísimas ocasiones, Daniela había estado meses trabajando en un caso, y luego de esa ardua labor, un mal juicio dejaba a los inculpados en libertad o con penas mínimas. Siempre había sentido rabia por ello, y eso disminuía sus ganas de continuar en la policía. Así que, por ese lado, la propuesta sonaba atractiva, aun cuando todavía no se le informaba qué cosas tan ilegales debería hacer.

—Bien —contestó al fin—, aceptaré, con la condición de que, ya que lo que haremos es ilegal, tendré respaldo jurídico en caso de que las cosas vayan mal, como generalmente ocurre cuando se rompe la ley. Entiendo que este tipo de cosas nunca van por escrito porque... bueno, usted y yo sabemos cómo es, por lo tanto, la palabra empeñada cobra un valor importante, así que espero que se cumpla esta condición.

—Eso está garantizado por quien nos está contratando —la tranquilizó Aníbal—. Si caemos, habrá un equipo de abogados en nuestra defensa, no los defensores públicos. Yo soy un hombre de palabra, y quien nos está contratando también.

—Perfecto. Entonces ahora dígame qué haremos.

—Vamos a liquidar a una lista de criminales.

Daniela pensó que ese hombre, poco dado a los chistes, justamente ahora le estaba haciendo uno.

—¿Cómo así? Es una broma, ¿verdad?

—No, no lo es. Tenemos que matar a una serie de criminales, de los más buscados del país: líderes de bandas de asaltantes, jefes de clanes narcos, algunos objetivos sindicados como terroristas... hay de todo.

—¿Y cuánta gente va a hacer eso? Necesita un ejército para algo así. ¿Y a quién se le ocurriría semejante idea?

—A todo un país, Daniela, eso se le ocurrió a todo el país. ¿Cuántas veces has escuchado en conversaciones casuales que se debería matar a los delincuentes más terribles? Es una idea inmoral, pero la mayoría de las personas piensa así. Y no necesitamos un ejército; seremos cinco. Uno será enviado por nuestro empleador.

—¿Quién es nuestro empleador?

—Ya lo sabrás. De momento, quédate atenta a tu teléfono y descarga la aplicación Threema; a través de ella te contactaré para darte las instrucciones a seguir.

Aníbal se levantó del sillón con la intención de irse; había cosas que hacer, y sus reuniones con los miembros de su equipo no podían ser muy extensas. Daniela quedó con más dudas, pero se pondría a trabajar de inmediato en lo que Aníbal le había encargado para ver si, a través de la aplicación —que, por lo demás, no conocía—, le daban más información.

Lo bueno era que al menos tenía trabajo de nuevo. Ya no estaba jubilada.

Capítulo 6

Lugar: A las afueras de la capital.
Fecha: Indeterminada.
Hora: 23:17.

Daniela Ballesteros fue la última en llegar a la ubicación que le habían enviado por medio de una aplicación de celular de la que ella no tenía idea de su existencia hasta el momento de su reclutamiento por aquel exoficial de las Fuerzas Especiales.

El lugar era una bodega abandonada y a punto de venirse abajo, donde probablemente se quedaban a dormir indigentes, pero que ahora no mostraba señales de vida alguna, excepto por los otros seis sujetos que estaban ahí: su reclutador, una mujer vestida formalmente y cuatro hombres más. Uno de ellos se la quedó viendo y rio.

—Qué bueno que hay mujeres —dijo.

Era un sujeto de pelo castaño, alto y nada atractivo. Se movía de lado a lado, como ansioso. Daniela pensó por un momento que había cometido un error.

—Ya estamos todos, ¿o no? —volvió a decir el sujeto, mientras los demás guardaban silencio—. ¿Falta otra señorita?

Aníbal Requena entonces se acercó al hombre, lo rodeó y quedó frente a él. Tenía unas carpetas en la mano, buscó una, la abrió, leyó y luego miró a la mujer bien vestida. Catalina hizo una mueca con su boca; el sujeto parlanchín era el hombre propuesto por ella.

—¿Dónde me dijiste que serviste? —le preguntó Aníbal al colorín.

—En el Reforzado N° 11 —contestó—, Batallón de Infantería.

—¿Tienes especialidades secundarias?

—Obvio; paracaidista —soltó con tono burlón.

—¿En qué año hiciste el curso?

—No lo recuerdo bien, fue hace tiempo, tengo treinta y siete ahora… ¿Por qué tantas preguntas? Tiene mi expediente en sus manos.

—¿De qué color es la cuadra de la Agrupación 6 de Comandos?

—¿Qué? —el sujeto no entendió que le estaban preguntando, miró al resto buscando a un cómplice, pero ninguno le devolvió la mirada.

—Responde, hijo. ¿De qué color es la cuadra de la Agrupación 6 de Comandos? Las cuadras las pintaron cuando yo estuve ahí y me dijeron que siempre se pintaban igual. Ahora responde, si eres paracaidista, entonces sabes de qué color es.

El colorín, que había tenido tintes de humorista, empezó a sudar. Daniela se dio cuenta de que la carpeta de él era la más gruesa de todas, la que tenía el expediente más completo. Algo andaba mal.

—Bueno… es que yo… cuando yo hice el curso no estaban…

—¿Lo sabes o no? —insistió Aníbal.

—Son… bueno, son…

—No eres paracaidista, ¿cierto? —lo interrumpió Aníbal. Luego tiró al piso la carpeta, desparramando los documentos por todo el recinto—. Serviste en el Reforzado N° 11, pero te dieron de baja hace más de un año, con suerte eres un infante promedio, no tienes ninguna especialidad. Ahora bien, esto es lo que harás: saldrás de este lugar y volverás a tu casa, olvidando todo lo que viste aquí, y a quienes viste aquí. Si siento que estás cerca de mí en algún momento de tu vida, te mataré, ¿está claro?

El hombre palideció y tragó saliva. Sin poder articular palabra, asintió con la cabeza, dio media vuelta y, sin mirar a nadie, salió de esa inmunda bodega para perderse en la oscuridad de la noche.

Se produjo un incómodo silencio hasta que Catalina lo rompió con una pregunta para Aníbal.

—¿Y nos va a decir de qué color es la cuadra de la Agrupación 6 de Comandos?

El resto sonreía.

—¿Cómo rayos voy a saberlo? —respondió Aníbal—. Esa unidad no existe.

La risa fue más general, pero se detuvo enseguida porque Aníbal no se rio.

—¿Era una prueba, verdad? —le preguntó a Catalina—. El payaso ese, era una prueba para mí, ¿cierto?

—Sí, era una prueba. Quería saber si en realidad podías encontrar a los mejores, a los idóneos para este trabajo, y que no te dejarías llevar por sentimientos, permitiendo que cualquier tipo que supiera disparar entrara al equipo.

—¿Entonces no tiene a nadie de verdad propuesto?

—Por supuesto que no. Usted es el experto, ¿por qué demonios iría yo a proponerle a alguien?

Con eso, Aníbal entendió dos cosas: la primera, que esa mujer era lista en un grado superlativo, y como tal, también era peligrosa también, mucho más de lo que creía. Lo segundo, era que con esa última declaración, en realidad lo que le estaba diciendo que lo dejaría actuar según sus principios, normas y procedimientos, siempre y cuando cumpliera el objetivo. Y eso era bueno, porque no la tendría encima de su oreja molestando, tal como operaban las unidades de comandos.

Con eso claro, entonces se puso manos a la obra.

—Bien, ya que estamos claros, podemos iniciar —les dijo a los cuatro que quedaron. Aparte de Daniela, había dos exmilitares y un exmiembro del DAPE, el Destacamento de Acciones Policiales Especiales de los Húsares—. Como les comenté cuando los recluté, el trabajo que haremos es algo sin precedentes desde la vuelta a la democracia, y eso nos convertirá en sujetos buscados y acechados por las policías, obviamente porque actuaremos al margen de la ley. Si alguien no está de acuerdo con esto, esta será la última oportunidad de retractarse e irse a casa.

Aníbal esperó unos segundos por si alguno decidía irse, pero los cuatro permanecieron en sus lugares.

—Perfecto. Empecemos entonces.

Le entregó a cada uno una carpeta con un expediente; estaba en la primera página estaba la fotografía de un hombre joven, y en el resto de las hojas figuraba su historial delictivo y otros datos más.

Era el primero de una larga lista de delincuentes.

Era el que había matado al sobrino de Aníbal.

Capítulo 7

Lugar: Población Castellana.
Fecha: Indeterminada.
Hora: 00:38.

Hoy se iría temprano a casa, estaba cansado. Había estado despierto desde la mañana, antes de las nueve, y eso para él era madrugar. Moverse de lado a lado para mantener a raya a la policía era agotador; desde hacía mucho tiempo que andaba así, sin poder quedarse mucho tiempo en una parte porque de inmediato sentía los pasos de los «huachos», que era el mote despectivo que la población le daba a los Húsares, pisándole los talones.

El Rulo caminaba mirando en todas direcciones a esa hora de la noche, aun cuando iba acompañado de tres de sus mejores amigos, tan delincuentes como él. Habían tenido buena racha con las encerronas, se habían hecho con varios vehículos que revendieron a buen precio y otros que también les encargaban también otras bandas dedicadas a la clonación de vehículos para venderlos en el extranjero: Bolivia, Perú, quién sabía dónde; eso a él no le importaba. De hecho, ellos, su banda, eran muy utilizados por un clan que lideraba un jefe narco de la capital, que usaba los vehículos para mover la *merca*.

Pero se había tenido que calmar; había cometido un error, uno grave. En una encerrona, hacía unos meses, había matado a un niño. Él era de resolución inmediata, no se andaba con amenazas, y cuando alguien no le obedecía, sacaba su arma y abría fuego; eso no le importaba, ya contaba con algunos «muertitos», pero no se había dado cuenta de que en los asientos de atrás del auto que iban a robar, iba un niño. Eso no lo hacía. Y por ello lo buscaban.

Había sido noticia nacional durante mucho tiempo, lo habían identificado los de la PNC y los Húsares, pero todavía no lo atrapaban; siempre iba un par de pasos más adelante. Sus amigos le avisaban sus amigos cuando andaba alguien sospechoso andaba por sus calles. La PNC usaba siempre vehículos grandes, todoterreno, y los Húsares se veían a kilómetros por los uniformes, así que él se las arreglaba para escabullirse. Sus camaradas de ese atraco no tuvieron la misma suerte; ya estaban en prisión. Él no, él era más precavido, *más vio.*

Pero el Rulo nunca se dio cuenta de que lo habían estado siguiendo también otros tipos. Unas personas distintas, no policías corrientes de las brigadas habituales de crímenes que tenían las policías. Estos eran sujetos que utilizaban otras técnicas de seguimiento, otras herramientas de observación (el Rulo nunca miraba al cielo, así que nunca se dio cuenta de los drones de características militares que lo seguían hasta cuando iba al baño). No se dio cuenta de que hubo rostros nuevos, pero vestidos con sus mismas ropas, con su mismo andar, con su mismo vocabulario, que se pasearon por sus calles sin despertar sospecha, que manejaban autos corrientes como los que tenía la gente de esa «pobla». No se percató de ello.

Y fue su único error en este último mes. El Rulo no supo que hasta cinco autos distintos lo siguieron, lo fotografiaron, descifraron su rutina, supieron cuál era su arma, con qué mano disparaba… supieron cuánto dormía, cuántas horas al día estaba activo. Si tenía escolta y si estos eran buenos. Sabían que se drogaba y quién era su proveedor, sabían quién era su novia, que su mamá estaba grave en el hospital y que su papá estaba preso.

El Rulo, de pronto, se puso nervioso y se detuvo. Sus amigos se detuvieron junto con él y miraron a todos lados, pensando que se trataba de una emboscada de la policía, pero no se trataba de ellos. Acostumbrado desde hacía meses a ser observador por vivir huyendo, se percató de que doscientos metros adelante tres luminarias viales estaban apagadas y había dos vehículos estacionados. No los distinguía bien, pero había dos autos, y uno, al parecer, estaba con las puertas abiertas.

Su instinto de preservación le dijo que debía huir, y entonces quiso dar media vuelta, pero se escucharon dos detonaciones de armas de fuego. Sus amigos se agacharon para cubrirse, y él quiso hacer lo mismo, pero sintió dos golpes muy fuertes en el pecho que simplemente lo desvanecieron, lo derribaron como si se tratara de un pilar inerte. Un charco de sangre se formó de inmediato, y sus amigos corrieron. No logró hacer nada, ni pensar nada. Se murió instantáneamente.

Los autos retrocedieron con las luces apagadas, ordenados, como una coreografía estudiada, y se esfumaron en la oscuridad de la noche. Solo fueron dos disparos, y ambos impactaron en el corazón del Rulo, llevándolo, o al cielo, según su familia, o al infierno, que era lo más probable, según el resto de la población del país.

Capítulo 8

Lugar: Población Castellana.
Fecha: Indeterminada.
Hora: 01:03.

Realizaron todo según lo acordado, según lo entrenado, y Aníbal estaba más que satisfecho. La operación había sido un éxito rotundo. Había sido un trabajo limpio, sin errores, y ese era un buen precedente para lo que se venía. En todo caso, quizá ese sería el único objetivo que Aníbal en persona iba a batir; para el resto lo harían los otros miembros.

Un mes había durado la operación completa, que había incluido seguimiento aéreo y terrestre, planeación, entrenamiento y ejecución. Aníbal tenía claro que cada acción era distinta y se debía preparar por separado; una estrategia seguida en una operación podía ser ineficaz en otra, así que cada una se debía entrenar por separado.

Habían preparado emboscar al Rulo en una calle secundaria de la Población Castellana y en la noche; para ello, utilizaron dos autos. En uno iban los dos tiradores, que serían él mismo y Daniela, y en el otro, los tres que los cubrirían. Todos con subfusiles de 9 mm y gafas de visión nocturna para no utilizar ninguna luz.

Para la emboscada apagaron tres luminarias viales para que los autos no se vieran, aunque obviamente iban sin matrículas. Cuando vieron al Rulo acercándose, Aníbal esperó a que se adentrara en su radio de disparo efectivo, que era de trescientos metros. Muy pocos eran capaces de ser letales a esa distancia y con esas armas.

Al principio, todo el equipo quiso hacer pasar el asesinato por un ajuste de cuentas y querían hacer varios disparos para simular una balacera entre delincuentes, pero al final se optó por algo lo menos riesgoso posible, considerando que la acción sería en una zona residencial; una bala puede recorrer cientos de metros y, sin querer, podría dar en un civil que dormía en su casa.

Aníbal dijo que en esa única ocasión sería él quien eliminaría al objetivo por una cuestión personal. No se lo dijo a su equipo, pero ese infeliz al que apodaban como «Rulo» era quien había matado a su sobrino.

Una vez en el radio de disparo, Aníbal y Daniela salieron del auto, Daniela con la orden para Daniela de batir al objetivo en caso de que los dos disparos de Aníbal fallaran, y los de atrás se centraron en los compañeros del Rulo, por si ofrecían resistencia. Fue innecesario; Aníbal percutó el subfusil y los dos disparos hicieron blanco. Los amigos del Rulo se cubrieron y huyeron, y el equipo de Aníbal subió a los autos y, en reversa, se alejaron de la calle hasta donde pudieron perderse en el tráfico nocturno por vías separadas y luego se reunieron en el punto designado para reagruparse.

Se habían asegurado de que no hubiera cámaras que los grabaran (las cámaras viales del municipio que detectaron habían sido desactivadas esa noche), así que no quedó registro gráfico de nada.

Todo absolutamente limpio.

Aníbal sintió una enorme satisfacción. Ya antes había matado, y las primeras muertes le habían provocado una desazón, pero matar a aquel criminal no le produjo nada más que satisfacción. Quitar una vida nunca estaba bien, pero en esa ocasión no sintió ningún pesar.

Ya en el punto de reunión, felicitó a su equipo y los despachó; les reiteró lo importante que era mantener la discreción y no andar hablando ni ufanándose de nada. Él había sido tan cuidadoso en el reclutamiento que se había asegurado de que ninguno bebiese alcohol; ya sabía que las copas de más provocan indiscreciones y la historia lo había demostrado en más de una ocasión. Todos sobrios, todos preparados y todos solitarios. La familia también era a veces una fuente a veces de indiscreciones.

Luego se comunicó con Catalina y le informó sobre la ejecución del primer objetivo. Ella solo dijo «bien» y cortó. No necesitaba explicarle detalles. Catalina simplemente preparó unos sobres con dinero en efectivo para entregar a Aníbal al día siguiente. El trato había sido así: objetivo abatido, objetivo pagado. Siempre en efectivo, nada de transferencias rastreables.

Ahora solo quedaba esperar a la mañana siguiente, cuando los buitres cayeran sobre el cadáver.

Capítulo 9

Lugar: Población Castellana.
Fecha: Madrugada de la muerte del Rulo.
Hora: 02:05.

Como periodista, estaba acostumbrado a ver situaciones difíciles, cosas que el común de las personas solo veía en las películas, que, por lo demás, estaban muy alejadas de la realidad, con todos los adornos de los efectos especiales. Lo cierto era que la realidad verdadera era muchísimo peor.

Esa misma realidad le había enseñado que la naturaleza humana era muy oscura y que, sin duda, era la especie más despiadada del mundo. La brutalidad de la que había sido testigo a lo largo de sus veinticinco años de carrera, le había dejado esa impresión.

Pero también esos veinticinco años le habían dejado otras habilidades en su cuerpo y, sobre todo, en su mente; había aprendido a ver de forma distinta, había aprendido a identificar cosas, circunstancias y eventos que otras personas no podían percibir. En resumen, era un investigador.

Era precisamente por esas habilidades y experiencia, y luego de observar la escena durante cinco minutos, que sabía que ese crimen no era de los habituales. A simple vista, tenía componentes que le daban otra naturaleza. Sacó algunas fotografías antes de que la policía acordonara el lugar para poder analizarlas después con más calma y continuó revisando la escena de forma visual, antes de que lo terminaran sacando del lugar. Los húsares eran poco amistosos con los periodistas porque estos no siempre eran amables en sus columnas.

Y él era uno de los menos amables. Periodista independiente, Ramiro Mendoza trabajaba solo, aunque algunas veces colaboraba con un medio virtual que publicaba los trabajos de periodistas *freelance*. Se destacaba por sus escritos duros y críticos hacia las instituciones de gobierno, y en especial hacia las Fuerzas Armadas y de orden, por su pasado en dictadura (su padre había sido asesinado por los organismos represivos de la dictadura) y por una falta de voluntad para ayudar en los temas de seguridad del país, según él.

Por lo mismo, abordaba los temas criminales con mucho ahínco, porque intentaba siempre sacar a la luz pública los errores y falencias de los sistemas investigativos y judiciales del país.

Pero el caso que estaba viendo ahí, con ese sujeto muerto tirado en la vereda, se distanciaba de los asesinatos que antes había cubierto por los detalles pequeños que a veces no se notaban.

A primera vista, se veía que el muerto había sido asesinado por un ajuste de cuentas, pues no le faltaban pertenencias y el occiso sí que tenía de quien cuidarse, ya que, a lo largo de su no tan extensa carrera criminal, se había hecho de varios enemigos; él lo conocía. Pero lo que no se insertaba en un ajuste de cuentas eran los disparos, la escena completa. Por lo general, había casquillos de balas por todas partes, actuaban varios sicarios y se hacían muchos disparos. En esta ocasión, solo habían realizado dos; los dos que habían matado al desgraciado tirado en el piso. Y ambos disparos al medio del pecho, en el corazón; la muerte había sido inmediata.

Así que quien hubiese percutado el arma asesina, era alguien con preparación.

Ramiro interrumpió su análisis al llegar la policía, por lo que tuvo que irse. Había logrado sacar varias fotografías que lo ayudarían en su investigación, pero su intuición, forjada por los años de experiencia, le decía que estaba detrás de algo inmenso.

Se apresuró a llegar a su casa, desayunó y se acostó a dormir un poco; trabajaba de noche reporteando por la capital, buscando noticias criminales que fueran llamativas para poder venderle a algún medio y así poder subsistir. Él era quisquilloso con las noticias; prefería una historia buena, aunque le costara encontrarla, a una noticia mediana, común, como las que podía venderle a cualquier periódico y por la que le pagarían una miseria. Él prefería algo impactante y que ojalá salpicara a alguien del gobierno; para esas historias había menos medios con la autonomía y los cojones suficientes como para publicarlas, pero las pagaban mejor.

Además, se alineaban con su postura ideológica, una postura rupturista, contestataria y en contra del orden establecido. Aun ahora que el gobierno de turno era de corte izquierdista, Ramiro no estaba en su misma vereda.

Luego de dormir unas horas, creó un archivo en su computadora con el comienzo de su nueva investigación. Buscó entre sus contactos más o menos bien ubicados, hizo algunas preguntas y averiguó la identidad del occiso, la verdadera, pues él lo conocía por ser el asesino de un niño durante una encerrona.

Irrelevante el nombre en realidad; lo que servía en su investigación eran sus antecedentes pasados. Había circulado por varios centros de detención juvenil y luego había tenido pasos breves por prisión. En resumen, había sido un individuo nacido, criado y vivido en un ambiente criminal; ante eso, había muy pocas probabilidades de inserción social. Como decían coloquialmente en el lenguaje callejero, «había vivido y muerto en su ley».

Ahora lo que le importaba a Ramiro era averiguar quién había aplicado esa ley para hacer justicia o cobrado alguna venganza. Estuvo el resto del día leyendo informes policiales que se había conseguido en los que el nombre del muerto estuvo implicado. Por cierto, que a lo largo de su vida, había logrado hacerse de enemigos de cuidado, pero todos esos enemigos de cuidado usaban un patrón común cuando ejercían sus vendettas: el uso de sicarios.

Sin embargo, en el país, los sicarios no eran como en las películas de alto presupuesto, donde el asesino era un profesional que dejaba pocas huellas; no, aquí los sicarios cobraban sumas irrisoriamente bajas por matar a alguien, y ese bajo costo se traducía en trabajos desprolijos y brutales: un reguero de balas disparadas a diestra y siniestra, muchas veces con una pistola Glock de 9 mm. Los disparos impactaban en todas partes; lo importante era matar al desgraciado. No había pulcritud.

Esa era la diferencia con el caso de la mañana: la pulcritud. Curiosamente, las luminarias que alumbraban la zona desde donde se sospechaba que se habían realizado los disparos, estaban apagadas, descompuestas. Varias cámaras del sector también habían sido sospechosamente desactivadas. Ramiro apostaba que el o los asesinos habían escapado por esa zona. Por su experiencia de años viendo cadáveres baleados, supuso que las dos heridas de bala habían sido por un arma de 9 mm, pero no había casquillos; esa era otra medida preventiva de quien había asesinado al desgraciado, no había huellas de nada, ningún registro.

En resumen, un trabajo muy profesional, más que providencial.

Ramiro estuvo varios días reuniendo información y dateándose de lo que iban averiguando los húsares, que habían sido los designados por la fiscalía para hacer las pesquisas, y se dio cuenta de que no había en el país grupos con ese tipo de capacidad. Entre los bajos mundos, esos donde se movían los delincuentes de todo tipo, tampoco aparecieron sospechosos, o más bien aparecieron muchos. Todos los que tenían cuentas pendientes con el Rulo fueron sindicados como autores, y para Ramiro eso significaba que ninguno había sido. A menos que un nombre se empezara a repetir más que los otros, entonces había que tomarlo en cuenta como sospechoso, pero el submundo criminal se transformó en un torbellino en la capital y, sobre todo, en la población Castellana; había un nuevo jugador.

Entonces Ramiro apostó por algo nuevo, algo que no hacía nunca. Hizo uso de la «Teoría del Décimo Hombre», aunque en este caso no se trataba de diez individuos. La regla del Décimo Hombre decía que, si nueve sujetos de un grupo determinado llegaban al consenso de que un evento es cierto, el décimo tendría por obligación argumentar en contra de esa certeza. En su caso, Ramiro era ese décimo hombre; los húsares, la fiscalía, los familiares del Rulo, los mismos criminales, todos ellos argumentaban que el asesino estaba en ese círculo de conocidos enemigos del Rulo, pero Ramiro haría lo contrario: investigaría con el supuesto de que un nuevo integrante protagonista estaba irrumpiendo en la escena criminal de la capital.

Pero Ramiro no presentía que ese protagonista nuevo no operaba en los círculos de la capital ni solamente en las poblaciones infestadas por el crimen.

Lo haría en todo el país.

Capítulo 10

Lugar: Costa Central del país.
Fecha: Indeterminada.
Hora: 19:23.

Aníbal estaba tomando una bebida y con él estaba Daniela, ambos con lentes oscuros y muy juntos en una mesa con vista al mar tranquilo y hermoso a esa hora de la tarde, simulando ser una pareja en un momento romántico. Un par de mesas más atrás y con vista al mar también, estaban los otros tres miembros del equipo hablando de fútbol.

Cerca de ahí, y sin sospechar nada, estaba Vicente Altamirano, gerente general de una automotora de la capital y miembro del directorio de una empresa naviera con base en esa zona costera del país. Financista político de algunos partidos de derecha, su nombre a veces salía a la luz pública por financiar a la derecha, pero siempre de manera somera, circulando por los bordes.

Lo que pocos sabían, o mejor dicho, se sabía en la inteligencia policial, pero que no se había podido probar aún para meterlo tras las rejas, era que Vicente Altamirano usaba su naviera para despachar droga que venía de Perú y Colombia a Europa.

Tenía comprados a varios funcionarios de Aduanas, quienes evitaban pasar sus contenedores por el escáner de inspección y le daban la cobertura necesaria para que pudiera hacer sus envíos de cargamentos de drogas hasta los puertos europeos. Pero, como buen empresario, estaba diversificando su giro y ahora estaba vendiendo drogas a algunas bandas del país, por lo que se estaba convirtiendo en el proveedor más importante del país y uno de los más importantes del continente, además de exportador. Negocio redondo.

Como era parte de los directorios de varias empresas, tenía la pantalla ideal para lavar el dinero sucio, y su excelente bufete de abogados lo mantenía blindado de las causas penales que algún fiscal ansioso de fama intentaba meterle a veces. Él era intocable.

Pero su invulnerabilidad le trajo una consecuencia que podía llegar a ser fatal: el exceso de confianza. Como era el proveedor de la mayoría de los carteles nacionales, tenía pocos enemigos. Sus excelentes contactos lo convertían en amigo de todos, y sus principales amenazas eran las policías, pero estaban tan por debajo suyo que era muy poco probable que lo arrestaran por algo.

Lo que Vicente no tenía cómo saber era que no lo iban a arrestar. Cuando terminó de festejar, porque sus visitas a los restaurantes eran verdaderos festejos, se levantó de la mesa seguido de las dos mujeres jóvenes con las que andaba y otro par de hombres, sus asesores más cercanos. Cuando se subió a su auto, se levantaron Aníbal y Daniela y caminaron abrazados hasta su propio vehículo, estacionado tres puestos más lejos. Un minuto después, salieron los otros tres miembros del equipo.

Había un problema para ejecutar el plan: las dos mujeres, seguramente *escorts* que lo acompañaban, y había que tomar una decisión rápido antes de perder la ventana de oportunidad. El plan original era hacerlo volar por los aires cuando enfilara su auto de regreso a la capital, cosa que haría en ese momento después de comer, con una bomba que el equipo le había instalado mientras estaban en el restaurante. Pero no podía haber bajas colaterales; no podían morir aquellas dos jóvenes.

El plan B era simplemente emboscarlo en la carretera y eliminarlo con armas de fuego, pero el equipo quedaría expuesto al hacerlo de ese modo a plena luz del día y en una carretera pública. No habría más oportunidades hasta la semana siguiente, cuando Altamirano volviese a la costa y ellos tenían una agenda apretada.

Entonces fue Daniela la que dio con la solución; se la comentó a Aníbal, y este la pensó unos segundos antes de aprobarla.

No era completamente buena, pero era mejor que cualquier cosa. Así que simularon una pelea de pareja, una violenta.

De repente, Vicente y su séquito vieron un altercado entre la pareja que había estado con ellos en el restaurante y los tres que hablaban de fútbol; hubo gritos, insultos y golpes. Se vio a los tres sujetos golpeando al otro hombre de lentes oscuros, mientras la chica corría llorando, pidiendo ayuda a las dos mujeres que acompañaban a Altamirano.

Estas dos, haciendo caso a la complicidad femenina, la contuvieron y la acompañaron al baño para ayudarla, y allí Daniela dejó de llorar y, haciendo uso de sus conocimientos de defensa personal, dio cuenta de ellas, dejándolas noqueadas en el suelo, pero vivas. Luego salió, y Altamirano le preguntó qué había pasado, que dónde estaban sus chicas. Daniela le respondió que las mujeres habían salido antes que ella y que no sabía dónde habían ido.

Altamirano maldijo a las dos prostitutas y se subió al auto, con sus dos acompañantes, prometiendo conseguirle un par de mujeres cuando llegaran a la capital. Por otro lado, la supuesta pelea con el novio maltratador había terminado, y los sujetos se habían subido ya a sus respectivos autos. Altamirano salió raudo, Daniela se subió al auto de Aníbal y lo siguieron. Antes había salido el auto con los otros tres miembros, que eran quienes ejecutarían el plan.

Una hora se produjo la discreta persecución, hasta que el borde costero se empezaba a perder en el horizonte y las llanuras centrales hacían su entrada en la visual del paisaje. Entonces, Aníbal dio la orden por medio de un mensaje encriptado desde la app con la que operaban. Segundos después, tres vehículos que circulaban en sentido contrario a la misma altura del auto de Altamirano vieron cómo el Mercedes Benz del año de este volaba por los aires en una bola de fuego.

Lo único sin rastros de quemaduras que Bomberos encontró fue un trozo de mandíbula con una tapadura de oro en uno de los molares; era de Vicente Altamirano.

✳

Capítulo 11

Lugar: Costa Central del país.
Fecha: Indeterminada.
Hora: 16:38.

El sacerdote salió de la ducha silbando una canción de moda, de las que escuchaban los jóvenes en ese momento. Le gustaba sentirse parte de los jóvenes a los que les impartía catecismo, y como era el líder de la Juventud Cristiana de la comuna, debía encajar con las modas de ellos. Él era un párroco joven, tenía apenas treinta años, era atractivo y gustaba de las jovencitas. Y mucho.

Se iba a vestir con ropa de civil, no con la de cura, porque de todas maneras debía tener algo de respeto por esa sotana que le daba para vivir. No era un descriteriado tampoco. Entonces tomó una camisa, unos jeans y zapatillas. Se peinó, se perfumó y caminó hacia la salida de la casa que estaba al lado de la capilla. No realizaría más actividades religiosas ese día.

Pero sintió una profunda oleada de rabia cuando vio que la capilla estaba abierta y con alguien en el interior. Probablemente era una confesión. Se calmó un poco y entró para ver de qué se trataba; no podía decir que no, pues él siempre en las misas decía que la capilla estaba disponible siempre, que él mismo estaba disponible para cualquiera que necesitara guía espiritual. Era también una buena estrategia para atraer a las jovencitas pueblerinas que pululaban en esa zona. El confesionario se había convertido en su trampa de seducción, en su mejor herramienta.

Y no podía negarse porque estaba a prueba en esa diócesis.

El sacerdote Joel Vera había sido hasta hace poco una estrella en ascenso en la Iglesia Católica nacional; con formación jesuita, había trabajado en una institución de esa congregación en la capital y de inmediato su carisma lo hizo famoso sobre todo entre los jóvenes que se sintieron atraídos e identificados por su discurso orientado hacia ellos. En una realidad en donde las instituciones estatales los abandonaban, él con su discurso les daba una vía de escape aparte del crimen y la marginalidad, a través de la religión y de actividades religiosas, les enseñaba un camino distinto y mucho más satisfactorio a nivel personal.

Pero había un lado oscuro en todo ese encanto; Joel gustaba de las niñas. Niñitas de entre los diez y trece años, esas niñitas tiernas que están dejando su inocencia infantil y están entrando a descubrir su adolescencia.

Las primeras denuncias en su contra fueron a los pocos meses de empezar a trabajar con jóvenes y niños y pudieron ser silenciadas por sus superiores jerárquicos porque eran niñas de estratos bajos, esos estratos a los que no escuchaba nadie. Pero todo se agravó cuando un padre de una niña abusada, furioso, incendió el auto de Joel al frente de una iglesia en donde estaba impartiendo misa y eso fue un escándalo; los mismos feligreses tuvieron que esconderlo porque el padre furibundo quería matarlo, además de quemar su auto. Al día siguiente la iglesia amaneció rayada con mensajes alusivos al cura Joel, acusándolo de violador.

Entonces la Iglesia que, por supuesto no le gustaban para nada esos escándalos, pero que tampoco le gustaba deshacerse de sus miembros pedófilos, prefirió trasladarlo a ese pueblo alejado de la capital para que «recapacitara y se reencontrara con Dios». Pero Joel lo único que reencontró fueron sus ganas de seguir con su perversión y entonces se empezaron a multiplicar las voces susurrantes que decían que el cura del pueblo se encerraba con niñas, muchas de ellas mostraron los comportamientos de niños abusados y otras derechamente dejaron de acudir a misa o a cualquier actividad en donde el «curita Joel» participara.

Era un secreto a voces que Joel era un pedófilo. Pero en un pueblo rural y profundamente católico, acusar de algo tan horrendo al representante de la todopoderosa Iglesia, era un pecado casi más grande que del que se le acusaba.

Pero aun así el obispo le había dejado claro que su comportamiento debía cambiar. Debía tener su proceso de retrospección y pedir la ayuda de Dios para sanar su alma para poder seguir sirviendo en la Iglesia... las almas de las pobres niñas abusadas importaban un carajo parecía, ya que el obispo omitió cualquier reparo hacia ellas y sus familias. En cualquier caso, aquello sonaba a una amenaza muy seria de parte del obispo; o dejaba sus hábitos pecaminosos o se largaba de la Iglesia y eso significaba también dejar su manto protector; sin él, cualquier familiar furibundo podía cobrarse una venganza.

Sin embargo, era difícil para Joel lograr la redención. Sin tratamiento psiquiátrico aquellas prácticas no se podían dejar. Alguien como él debía estar encerrado como mínimo por el riesgo social que significaba su libertad, pero las denuncias en su contra siempre eran acalladas por la Iglesia y de ese modo había burlado a la justicia civil. Era un monstruo suelto, un depredador.

Hasta ahora.

Joel dibujó una sonrisa en su rostro atractivo, esperando que quien estaba en el confesionario fuese una niña dulce y tierna a la cual poder seducir. Acostumbrado ya a distinguir las formas de las siluetas, se decepcionó al darse cuenta de que era un adulto, un hombre de hecho. Tomó un aire más formal y menos amistoso, casi molesto incluso, y se sentó al otro costado.

—Buenas tardes, hijo —saludó el sacerdote—. ¿Te quieres confesar?

—¿Es usted Joel Vera? —escuchó solamente a modo de respuesta.

—¿Quién pregunta? —quiso saber el cura, que se alarmó. Tenía tan claro su pecado que un sentimiento profundo siempre estaba alerta, esperando reaccionar ante una posible venganza. Ese sentimiento lo electrizó en ese momento.

Pero no hubo respuesta de su interlocutor. El hombre, al haber asegurado de forma visual que el sujeto al otro lado del confesionario era el blanco efectivo, simplemente percutó la pistola con silenciador que portaba en dos oportunidades; un disparo traspasó el corazón de Joel por el costado derecho y el segundo impactó en su cabeza a la altura de la sien derecha. La muerte fue instantánea.

Rápidamente, el hombre limpió la escena para no dejar huellas; incluso recogió los casquillos de las balas y salió, cubierto de pies a cabeza con ropa negra y un gorro del mismo color, y se subió al auto tipo sedán sin patente que lo esperaba con el motor encendido a las afueras de la capilla y desapareció, escoltado por un segundo vehículo, también sin patente.

Aquel blanco había sido algo distinto a los anteriores, pero no por eso menos despreciable. Las iglesias, en general, intentaban ocultar a sus miembros criminales (no «pecadores», puesto que lo que hacían era un crimen muy terrenal, más que un pecado del alma) para no manchar su halo de magnificencia; después de todo, eran los representantes de Dios en la tierra.

Sin embargo, aquel inmundo sacerdote había ido demasiado lejos y se había salvado demasiadas veces de la justicia ordinaria. Había que dar un escarmiento también a aquellas instituciones que pensaban estar fuera de las esferas de la justicia normal. Ya Dios se encargaría después de ver si merecía salvar su alma o la dejaba friéndose en el infierno.

Lo cierto era que también ese asesinato serviría para despistar a las policías. Los dos primeros blancos tenían en común la criminalidad corriente que circulaba por las calles de las ciudades nacionales, pero este era un sacerdote, algo distinto, fuera de la órbita delincuencial a la que estaba acostumbrada la ciudadanía. Entonces, eso les daría algo de ventaja antes de que invariablemente los sabuesos se les acercaran.

Así por lo menos lo había pensado Aníbal, que iba sentado en el asiento del copiloto del auto que actuaba como escolta, a una distancia prudente del auto en donde se había subido el perpetrador del asesinato del «curita Joel». Daniela conducía, concentrada en la carretera. Ahora debían reagruparse en su base secreta para iniciar la preparación de la siguiente misión. Las dos de la región costera habían sido un éxito rotundo. Ahora iban al sur.

Era la hora de los terroristas.

Capítulo 12

Lugar: Costa Central del país.
Fecha: Dos días después del asesinato de Joel Vera.
Hora: 15:42.

Fue una sorpresa ese cambio de rumbo, pero él intuía que eran los mismos, o el mismo asesino. Frustrado por no poder encontrar más antecedentes del posible asesino del «Rulo», Ramiro estaba ese día sentado viendo televisión cuando, en los noticieros de todos los canales, apareció la espectacular noticia del auto bomba en la carretera de la costa. El ajusticiado: Vicente Altamirano.

Ramiro lo conocía y probablemente mejor que sus propios familiares; había investigado sus nexos con el crimen y muchas veces había sufrido amenazas de parte de sus hombres de confianza, pero nunca había desistido. Por esa época, aún era impropio del país que se asesinaran periodistas por inmiscuirse demasiado en asuntos oscuros; era algo impensado, pero no por eso no era peligroso. Ramiro había sufrido seguimientos e interceptación de llamadas, además de las amenazas.

Entonces, por esas investigaciones, sabía muy bien que Altamirano era un proveedor de drogas para los clanes nacionales y un exportador para mafias europeas. La policía sospechaba que lo habían matado por haber intentado engañar a alguna de estas mafias y se centró en la búsqueda de sicarios europeos que pudiesen haber ingresado al país; solo ellos tenían la habilidad para poner una bomba en un auto.

La última vez que algo así había ocurrido aquí, había sido en tiempos de dictadura y por parte de los grupos subversivos que operaron en la clandestinidad y hacían atentados contra coroneles de las fuerzas armadas. En tiempos de democracia, y con esos grupos desarticulados, esas capacidades se extinguieron.

Hasta ahora.

Después, pero esa misma semana, se supo del impactante crimen del sacerdote jesuita Joel Vera; el cura, que irradiaba cualquier cosa menos santidad, había sido asesinado en la capilla donde servía. Encontraron su cuerpo sin vida en el confesionario con dos disparos: uno en el costado que le perforó el corazón y otro en la cabeza. Había sido asesinado a corta distancia, desde el otro lado del confesionario.

Y en ese crimen, la policía se entrampó; no se tenían sospechas del móvil del crimen ni menos de algún sospechoso. El cura, que tenía denuncias por pedofilia, contaba con enemigos entre los familiares de las niñas a las que había abusado, pero ellos se alejaban mucho del perfil asesino que sí tenía quien lo había matado.

Para las policías, ninguno de todos esos crímenes, desde el del «Rulo» en adelante, tenía algo en común; todos habían sido perpetrados por individuos o grupos distintos. Entre cada uno de esos crímenes también habían ocurrido varios otros sin relación entre sí, así que para ambas policías era difícil unirlos por un hilo común.

Pero Ramiro seguía un hilo conductor que esos tres crímenes tenían y que los diferenciaban de todos los demás que habían ocurrido en ese intertanto: la pulcritud. De nuevo, en el asesinato de Altamirano no habían quedado huellas; la bomba había sido bien instalada, activada por control remoto, sin cámaras habilitadas en ese sector, un lugar perfecto para la emboscada.

En el crimen del cura pedófilo no hubo testigos; dos cámaras de negocios aledaños, los únicos con ese sistema de vigilancia en varias cuadras a la redonda, se desactivaron curiosamente entre las horas en las que se cometió el asesinato. Dos disparos milimétricamente percutados en contra del desdichado, sin casquillos de municiones y sin huellas, escena limpia.

Profesionalismo, cuidado, atención en los detalles, preparación; seguramente cada crimen fue planeado rigurosamente con antelación, quizá incluso se realizaron seguimientos para detectar el mejor momento para ejecutarlos. Estudio de las zonas, detección de cámaras, sentidos de las calles para la llegada y la huida, armas utilizadas... Ramiro casi podía imaginar a un equipo de asesinos realizando esas acciones, porque él ya sospechaba que no se trataba de un solo individuo, sino que de varios y con un apoyo logístico importante detrás.

El atentado con bomba solo podía ser ejecutado por sujetos con preparación militar, puesto que el explosivo utilizado solo era de uso militar; un civil en el país no podía obtenerlo. Eso ya era un avance. Ahora, Ramiro sabía, por investigaciones anteriores, que solo los antiguos guerrilleros que operaron en dictadura habían tenido preparación militar y en el exterior; habían sido entrenados en Cuba, Alemania Oriental y habían servido activamente en la guerra civil de Nicaragua en los ochenta.

Pero si quedaba alguno revoloteando por ahí, tenía el punto en contra de la edad; cualquiera de ellos estaría cerca ya de los sesenta años y a esa edad era poco probable que se dedicaran a matar criminales. Con suerte, podrían ejercer como instructores, pero en el país no había a quien entrenar, pues la época dorada de las guerrillas izquierdistas y barbudas ya había pasado.

Considerando todo lo anterior, Ramiro elaboró dos tesis. La primera le decía que se trataba de un grupo autónomo, con ingentes recursos y exmilitares que estaban impartiendo la justicia por cuenta propia, como si se tratara de una película hollywoodense, idealistas y arriesgados.

La otra era que también se tratara de alguna organización compuesta por varios miembros, también con muchos recursos económicos, que contrataron a un grupo de mercenarios y les dieron una lista de víctimas a los cuales eliminar. Eso era más probable; con mercenarios traídos desde el exterior, era más fácil. Una vez terminado el «trabajo», simplemente les pagaban y los despachaban. Pero seguía estando el móvil; a Ramiro aún no le calzaba que simplemente esos asesinatos se cometieran por una especie de «justicia social paralela».

Pero él sabía también que las sorpresas estaban a la vuelta de la esquina en su trabajo. Y se acordó de eso justo ese día que estaba comiendo en un restaurante de la zona, cuando entraron dos jóvenes al lugar y una de ellas se sentó a su lado.

—¿Quieres compañía? —le preguntó con picardía la joven que tenía moretones en su cara, disfrazados con maquillaje—. Somos dos.

Capítulo 13

Lugar: Selva Sureña, sur del país.
Fecha: Indeterminada.
Hora: 22:08.

Separados en dos equipos, avanzaron por los costados del pequeño campamento ubicado en las profundidades del bosque sureño. Aníbal iba con el antiguo miembro del DAPE y Daniela lideraba el otro equipo con los dos exmilitares. La célula de insurgentes (terroristas, según el informe que Aníbal había recibido de Catalina Espinoza) estaba compuesta por quince miembros que actuaban como el brazo operativo de la organización más grande de las varias que operaban en esa zona del país. El objetivo era destruirla, empezando por esa célula.

En esta oportunidad, los cinco iban equipados con armas largas, fusiles tácticos, armaduras y granadas varias. Era, en realidad, casi una misión de combate. Pero también llevaban lanzacohetes; en cada equipo iba un par de lanzacohetes LAW con sus cargas para ser disparadas sobre el comando insurgente. Los sorprenderían con varios disparos de esas armas y el fuego graneado de los fusiles para acabar con ellos.

Aníbal había recibido la información de inteligencia de manos de la propia Catalina, que también le había dicho que el Presidente estaba inquieto por los resultados. Bueno, esta vez, si todo salía según lo planeado, los resultados serían impresionantes. La información la había recopilado la Armada, que se había encargado de hacer cumplir el Estado de Excepción Constitucional decretado por el Presidente hacía varios meses ya, como un intento de darles tranquilidad a los pobladores de la zona que se veían constantemente acosados por grupos indígenas que querían recuperar tierras ancestrales. Al menos, esa era la consigna oficial.

Lo cierto era que en los territorios que controlaban se hacía todo tipo de ilegalidades: robo de madera, asaltos, usurpación de tierras, cultivo de marihuana, narcotráfico, abigeato y varios otros negocios ilícitos con los que financiaban su operación.

Así que el equipo de Aníbal debía dar un golpe de mano a la más grande y peligrosa de esas organizaciones: la Resistencia Indígena Coordinada, RIC. El objetivo era la aniquilación de ese campamento al que habían estudiado por medio de observaciones aéreas con un dron, según la información de inteligencia. Durante un par de semanas de observaciones, habían detectado que desde ese campamento salían los miembros que ejecutaban acciones terroristas en la zona. Aníbal calculaba que ahí era donde tenían su arsenal de mejor calidad y sus miembros más experimentados.

Sería su operación más difícil, puesto que sería una acción bélica como tal, no una ejecución. Ellos cinco se enfrentarían a quince miembros bien fogueados y tenían solo la sorpresa a favor y, quizá, solo quizá, un entrenamiento superior. Aníbal no olvidaba que esos mismos sujetos le habían propinado una derrota a la Unidad de Reacción Rápida de la Policía Científica, así que no iba confiado ni seguro.

Llegados a los puntos designados con antelación para iniciar el ataque, Aníbal comprobó el estado de ambos equipos y luego dio luz verde para la acción. Los dos tiradores de los LAW cargaron y apuntaron. Una vez más, Aníbal dio la orden de proceder. Al mismo tiempo, se dispararon las granadas e hicieron blanco en dos refugios improvisados y mimetizados en la vegetación del bosque, aunque visibles con las gafas de visión nocturna que los operadores de Aníbal tenían.

El fuego se extendió de inmediato y se dispararon otras dos granadas con los lanzacohetes. Sin más de esas armas por ser desechables, ambos equipos procedieron con las granadas de mano y el fuego de los fusiles, equipados con silenciadores y bolsas recolectoras de vainas para no dejar rastros.

Los insurgentes que sobrevivieron intentaron salir y ofrecer resistencia a lo que fuese que los estaba atacando, pero a esa hora de la noche, y desprevenidos, fueron siendo ultimados uno a uno por Aníbal y los suyos, que fueron avanzando en formación de combate, registrando todo el campamento para dar cuenta de todos los que salieran a pelear. Entre gritos, el fuego y el humo, los insurgentes no vieron nada. Totalmente sorprendidos y superados, salían de los refugios que aún no se quemaban, con escopetas y alguno que otro AK-47 que disparaban sin mirar, solo por si le daban a algo, y así caían víctimas de disparos precisos, evitando las ráfagas innecesarias y el alboroto.

Unos cuantos minutos después, todo había acabado. Aníbal y los suyos registraron cada rincón y aniquilaron todo, quemaron todo, arrasaron todo. Había sido una masacre. Ellos no sufrieron ni un rasguño y, luego de terminar, se sumergieron en el bosque para desaparecer sin dejar rastros, ni siquiera los LAW que se llevaron consigo. Cuidadosos en extremo, no podían dejar pista alguna que identificara el origen de aquella matanza.

Pero Aníbal sabía que, por muy precisos y cuidadosos que hubiesen sido, ese ataque, por descarte, se presumiría que habría sido perpetrado por alguna unidad militar. Él mismo le había hecho saber eso a Catalina cuando vio el informe en donde le asignaban esa tarea, advirtiéndole que de alguna manera las acusaciones irían a parar al Ejército o a la Marina. Ella le había respondido que ya verían cómo se defendían de aquello y que, por lo pronto, solo cumplieran la misión.

Con aquella premisa, Aníbal preparó el operativo y tuvo que admitir que, hasta ese momento, era la mejor de sus creaciones por la perfección en la que se había ejecutado. Y sinceramente esperó en todo momento que la resistencia hubiese sido mayor.

Salieron a toda velocidad de esa zona y volvieron cuando amanecía hasta la casa de seguridad en la que se guarnecían, a la espera de ver las noticias que se multiplicarían con rapidez en las primeras horas de la mañana. Luego de ver cómo se comportaban las cosas, la reacción de la propia RIC y lo que le dijera Catalina Espinoza, Aníbal continuaría con el siguiente paso de esa misión escalonada.

Repartieron a suerte las guardias y se tiraron a dormir un poco. Necesitaban estar descansados para lo que se venía. El tiempo era uno de los pocos recursos que ellos no manejaban y siempre era escaso. En el equipo eran tan pocos que costaba ver los resultados reales de lo que estaban haciendo, puesto que cada operación les estaba tomando en promedio un mes.

Quizá si hubiese más equipos funcionando sería más visible y óptimo, pero eso también implicaría más riesgos de que fuesen descubiertos. Por su experiencia, Aníbal sabía que con la primera hebra que alguien encontrara, se empezaría a deshilachar todo el manto y, tarde o temprano, darían con ellos. Era inevitable.

También era inevitable que, tarde o temprano, esto pasaría; de ahí la premura con terminar lo antes posible con todos los objetivos, porque indudablemente que llegaría el momento en que él sería quien tendría que elegir entre continuar o detenerse.

En ese momento, cuando ya estaba iniciando la noche y la tarde se consumía, Aníbal terminaba de redactar su informe para enviárselo a su superiora. Se acercó Daniela para relevarlo en la guardia.

—Estoy bien —dijo Aníbal—, aun no tengo sueño.

—Lleva varias horas despierto, señor, es importante que duerma —le dijo la mujer.

—Lo sé, pero aún no tengo sueño.

A pesar de los años, Aníbal tenía la impresión de que su condición física general no había mermado demasiado, que aún tenía la capacidad de realizar acciones en terreno, y la noche anterior lo había demostrado. Sin embargo, la falta de sueño no era por esa condición física extraordinaria, sino que por la preocupación. Después de varios meses de acción, estaba empezando a sentir una carga encima que no sabía a qué se debía.

—¿Pasó algo? —quiso saber Daniela, que en todos esos meses y en el tiempo que se había instruido bajo las órdenes de ese hombre, ya estaba conociéndolo bien.

—No, no pasa nada.

—Pero usted no duerme por algo, señor, me he dado cuenta de que duerme poco cuando estamos ejecutando una operación. Y antes que piense que en realidad me preocupa su bienestar porque siento atracción hacia usted, le dejaré en claro que lo único que me preocupa es que, si usted lidera este equipo, entonces debe estar en condiciones de tomar las mejores decisiones. Le dije cuando me reclutó que no quería verme cazada como una criminal.

Daniela siempre era directa, nunca se andaba con rodeos, y aunque a veces esa era una característica molesta, Aníbal la apreciaba por ello y por eso la ponía como segunda al mando.

—Eso no va a pasar —le respondió Aníbal—. Ya te dije que habría un ejército de abogados listos para defendernos en caso de...

—Eso es lo que le dijo la señorita bien vestida —lo interrumpió Daniela—, pero lo cierto es que ella es una política, que ella misma no se identifique como tal no quiere decir que no lo sea. El tema es que, si confiamos en ella, entonces nos estamos equivocando, porque si algo pasa, si algún policía medianamente hábil o algún periodista incisivo empieza a pensar un poco más, entonces creo que la señorita bien vestida dirá que no nos conoce y nos iremos a una oscura celda y tirarán la llave. Recuerde que yo estuve de ese lado en algún momento.

—Bueno, pues no soy tan estúpido, niña. Si nos abandona, entonces caerá con nosotros. Tengo respaldadas todas nuestras conversaciones, tengo todos los informes de misión, tengo todo para incriminarla y ella debe saber que tengo ese respaldo; por eso le creo cuando dice que no nos dejará solos.

—Todas nuestras misiones han salido en los medios y hoy ya salieron las primeras noticias de lo que sucedió anoche. Es de lo único que se ha hablado en estas horas; quince miembros de la RIC muertos en un remoto punto de los bosques cerca de la cordillera. Sin duda que estamos jugando con fuego.

—Sabíamos que eso pasaría, es inevitable. Ahora monitorearemos esas mismas noticias y los acontecimientos para ver si continuamos aquí o seguimos con la otra misión.

—Si me pregunta a mí, yo me iría de inmediato. Ya está lleno de policías buscando y la Armada reforzó con contingentes de Infantería de Marina el Estado de Excepción.

—A ellos los podemos burlar. Esperaremos a ver qué hacen los que queden de la RIC. Su líder es a quien debemos eliminar.

—Agitamos un avispero, pero en algún momento se calmarán. Yo creo que antes de que se calmen y empiecen a pensar es cuando debemos dar ese segundo golpe y entonces salir de aquí.

Aníbal puso los ojos entonces en un camino secundario que tenía marcado en un mapa de la zona que iba entre los documentos del informe de inteligencia que le entregó Catalina Espinoza. Era una buena opción terminar en ese camino con la avispa reina del avispero.

Capítulo 14

Lugar: Capital del país.
Fecha: 36 horas después del ataque a la célula de la RIC.
Hora: 15:20.

—Fíjate en este punto, a la izquierda —le decía el experto en fotografías a Ramiro, mientras este se acomodaba los lentes para identificar lo que el técnico le mostraba—. Ahí hay un punto, un elemento que cualquier militar te dirá que es.

—Yo no soy militar, Vicente, así que dime qué carajos es —le respondió Ramiro, algo molesto.

Ramiro había estado haciendo un trabajo concienzudo de investigación y búsqueda, desesperado casi, para obtener resultados de sus pesquisas. Usando hasta el último centavo que poseía, había dejado incluso otros casos para enfocarse en ese; estaba seguro de que con esa investigación le daría el palo al gato y podría venderlo para recuperar lo invertido y ganar una pequeña fortuna.

Había tenido un enorme golpe de suerte en la costa cuando se entrevistó con dos jóvenes trabajadoras sexuales que habían estado con Vicente Altamirano el día en que lo mataron y ellas habían estado a punto de subir al auto con él; estuvieron a punto de ser víctimas también.

Pero eso no era lo sorprendente, lo irreal, lo absurdo en toda esa trama: luego de asistir a una joven que se había peleado con su novio enfrente de ellas, ambas chicas la habían auxiliado en el baño y allí, sin provocación alguna, la mujer las había noqueado con sendos golpes de puño, dejándolas inconscientes. Eso las había salvado, pues Altamirano se había ido sin ellas y no precisamente a un hotel.

—Eso son los restos de un cohete disparado desde un lanzacohetes portátil, como un LAW o un RPG-7, u otros que hay ahora, más modernos.

—¿Entonces fueron los militares?

—Bueno, eso no te lo podría decir yo; solo te digo que he visto este tipo de cosas en otras imágenes en donde ha habido combates, o sea, eso viene de los arsenales que poseen los ejércitos de cualquier país del mundo.

Obtenida una descripción lo más detallada posible de la mujer, Ramiro volvió a la capital a investigar esa arista; era obvio que aquella mujer era parte de la trama y muy posiblemente noqueó a las prostitutas para evitar que subieran al auto, que seguramente en ese momento ya tenía las cargas explosivas que minutos más tarde lo convertirían en una bola de fuego. Por desgracia (y de nuevo, como en todos los asesinatos que estaba siguiendo), el restaurante donde ocurrió todo también había sufrido desperfectos con las cámaras, por lo que no había registro del suceso, solo la declaración de ambas trabajadoras sexuales.

Pero Ramiro sacó varias cosas en limpio; la primera era que el acento de la mujer que le había partido la cara a las prostitutas era nacional, lo que hacía presumir que el equipo completo (compuesto por al menos dos individuos) era local, lo que era una sorpresa. Lo otro era que el explosivo usado era de manufactura militar, lo que indicaba que el equipo, o eran militares activos que tenían acceso a ese tipo de mercancías, o estaban en retiro y aún poseían contactos dentro de alguna de las ramas de las Fuerzas Armadas que los proveían de esos materiales. Las tácticas usadas durante los asesinatos también eran indicios de preparación militar, como ya había consignado Ramiro.

Fue entonces que explotó otra bomba noticiosa; en el sur había sido aniquilada una célula de los insurgentes de la Resistencia Indígena Coordinada, un grupo subversivo de pueblos originarios del sur que usaba la violencia para recuperar tierras que, según ellos, habían sido usurpadas ilegalmente por el Estado.

Quince insurgentes habían muerto, probablemente víctimas de un ataque militar.

En la zona estaba vigente el Estado de Excepción, lo que indicaba que había militares custodiando infraestructura crítica y había toque de queda. La Armada estaba a cargo de esa zona, por lo que las primeras acusaciones fueron contra esa rama. Sin embargo, y antes que se iniciaran las pesquisas, tanto la Armada como la Vocería de Gobierno aseguraron que el ataque no había sido ejecutado por orden gubernamental. Lo mismo hizo el Ejército.

Ramiro, mientras eso pasaba, se apresuró en conseguir fotografías de la escena y esas fotografías eran las que estaba analizando con un especialista amigo que tenía. Y ese análisis preliminar indicaba que los militares eran los culpables. Pero Ramiro sospechaba, por supuesto, de esa afirmación.

El principal motivo era que, a pesar de lo molestos que eran los de la Resistencia, nunca ningún gobierno había realizado acciones militares en su contra, ni siquiera los de derecha. Menos lo haría ese gobierno izquierdista, que, antes de llegar al poder, había mirado con simpatía ese movimiento. Tampoco lo harían los militares solos, por decisión propia, pues desde el regreso a la democracia, las Fuerzas Armadas habían estado constantemente limpiando su imagen y subordinándose al poder civil.

El movimiento mismo tampoco poseía enemigos con tanto poder para realizar eso y, además, contaban entre sus logros haber rechazado una redada realizada por los mejores agentes de la PNC hacía un tiempo, por lo que generaban temor entre sus adversarios.

Por lo tanto, el olfato de sabueso de Ramiro le dijo que lo más probable era que los perpetradores fueran los mismos asesinos que él había estado buscando todos esos meses. No le dijo a su amigo experto en fotografías sus sospechas, pues él quería la primicia, pero al ver ese cohete explosionado en medio de un refugio de los insurgentes, entendió que el círculo de búsqueda se estrechaba; estaba claro que, si bien no eran las Fuerzas Armadas como tal las que estaban detrás de esas muertes, al menos eran miembros activos o en retiro de esas instituciones.

Y eran más de dos. Quizá una docena, un comando. Al menos una mujer entre ellos.

El problema era que dentro de las Fuerzas Armadas había miles de mujeres con las cuales contrastar la descripción que poseía, tanto en servicio activo como en retiro, y de todos modos sería difícil encontrar un rastro el cual seguir.

Lo bueno era que Ramiro se sabía mover bien entre tiburones, como se hacían llamar los mandos medios de las ramas castrenses y de la seguridad pública. Invariablemente intentaban desmerecer al otro; el Ejército intentaba ser más que la Marina, la PNC intentaba ser más que los Húsares y estos, a su vez, intentaban ser más que el Ejército. Era una rivalidad disimulada y él la aprovechaba bien cuando quería obtener información, por lo tanto, concurrió a un informante que tenía en la Comandancia de la Marina para ver si alguna dotación de la costa poseía mujeres entre sus filas y ver si alguna estuvo de franco el día que mataron a Altamirano.

Envió un mensaje a su contacto a través de Telegram y esperó. Por supuesto, hizo mención de que un sujeto del Ejército era más lento que él y que por eso lo había preferido. Hizo lo mismo con sus contactos en los Húsares. La PNC quería descartarla, puesto que consideraba que la preparación de esa policía era mucho menos militarizada y alguien entrenado ahí no poseía las características tácticas necesarias según el perfil que Ramiro se había hecho de los asesinos.

Después de unas horas, en las que Ramiro aprovechó para ir a comprar algo para meterle a la despensa que flaqueaba, le llegó la respuesta del de la Marina; el de los Húsares no contestó. Una escueta pero decidora respuesta: la Marina tenía mujeres en esa zona, pero el día de la muerte de Altamirano estaban todas en servicio activo, algunas embarcadas en los navíos de la Armada y otras trabajando en la Comandancia misma. La Infantería de

Marina no tenía efectivas femeninas en el batallón estacionado en esa zona.

Bien, eso era algo. Podría ser una en retiro, pero generalmente las mujeres, mucho más disciplinadas, rigurosas y organizadas que los hombres, tendían a cumplir su periodo de servicio, que rondaba entre los veinte y veinticinco años. Era raro que fuesen dadas de baja antes; por lo tanto, al momento del retiro, sobrepasaban los cuarenta o cuarenta y cinco años y a esa edad era poco probable que sintieran deseos de andar en la noche en medio de un bosque con tenida de combate matando insurgentes. O matando criminales.

Así que había que buscar en el Ejército; la Fuerza Aérea no, pues tendría que tratarse de paracaidistas especializados en el rescate de pilotos derribados, de los cuales había mujeres, pero eso se alejaba un poco del entrenamiento necesario para acabar con una célula terrorista.

Fue entonces en búsqueda de su contacto en el Ejército y fue entonces también que dio de bruces con otro organismo que se le había pasado por alto y que se acercaba más a lo que buscaba; así, al menos, lo sintió en su ser cuando vio el cartel propagandístico y luminoso clavado en medio de una de las arterias más transitadas de la capital. Era una empresa de seguridad privada muy famosa en el país. Mercenarios. Su insignia era un perro de presa negro, aterrador.

Su nombre era Cerberus.

Capítulo 15

Lugar: Sur del país.
Fecha: 40 horas después de la muerte de quince insurgentes de la RIC.
Hora: 20:22.

El camino era estrecho, pero maniobrando bien se podía adelantar a otro vehículo, lo que era fundamental para el cumplimiento de la operación. Sería la más arriesgada de todas las que habían realizado. Aníbal eligió el ocaso para hacerla, puesto que a esa hora el líder de la RIC se movilizaba con su escolta. Y ahora era una escolta mucho más nutrida.

Ese día siguieron disimuladamente al sujeto a cada momento. La mayor parte del tiempo estuvo en reuniones con miembros de la RIC y dando entrevistas a los medios de comunicación, prometiendo hacer arder el sur hasta dar con los culpables del atentado, culpando al gobierno de haber enviado a su Ejército asesino y violador de los derechos humanos a realizar esa repulsiva tarea.

Con tanto ajetreo, nadie se dio cuenta de que ellos estuvieron dándose vueltas a su alrededor. Pero ellos sí que pusieron atención. A eso del mediodía, el sujeto informó a sus subalternos que por la tarde iría a su cuartel general para realizar una reunión operativa con sus mandos más cercanos. Ese sería el momento ideal.

Aníbal dejó a uno de los suyos para que siguiera con la vigilancia, mientras que con el resto partió a toda velocidad para preparar la emboscada. Por lo general, se tomaban el tiempo necesario para cubrir hasta el más mínimo detalle, pero ese día el tiempo era un recurso con el que no contaban, por lo que deberían confiar en su experiencia para anticiparse a los problemas que pudiesen surgir.

Tal como lo indicaba el mapa que ya antes había estudiado, el cuartel del líder de la RIC estaba pasando por un camino secundario de tierra muy solitario. La idea era sencilla; en dos vehículos harían una encerrona, se bajarían con rapidez y con fuego de fusilería acabarían con todos los que fuesen en camino al cuartel, entre los cuales iría el líder. Así de simple y así de brutal.

Separados de nuevo en dos equipos, Aníbal se subió a uno de los autos junto con Daniela y los otros tres en el otro vehículo. Aníbal iría a la ofensiva, mientras que los otros tres cerrarían el cerco sobre los insurgentes. Esperaron separados en dos puntos distintos el paso de la comitiva del líder de la RIC que con algo de atraso se hizo presente; eran tres vehículos todoterreno y Aníbal contó a diez sujetos en total; ya habían eliminado a quince, así que no se preocupó mucho por la diferencia numérica.

Dando la señal de apertura del operativo, Aníbal inició la persecución de manera solapada por unos dos kilómetros, hasta que el convoy de la RIC se internó en el camino donde harían la emboscada. Entonces apareció también el segundo vehículo de Aníbal con los otros miembros de su equipo.

Se dio inicio a la segunda etapa del plan; Aníbal aceleró su vehículo a toda velocidad, mientras Daniela cargaba su fusil y se preparaba para el asalto. Los del segundo vehículo también hacían lo mismo, situándose a unos metros detrás del último vehículo de la comitiva objetivo. Pero en esta ocasión los de la RIC se anticiparon, puesto que ya alertados por lo que había pasado con sus compañeros, estaban esperando un segundo ataque y sospecharon de ese ataque cuando Aníbal los adelantó.

Aceleraron para intentar esquivar la encerrona, pero Aníbal ya había sacado algo de ventaja. Aun así, los hombres de la RIC se prepararon para el enfrentamiento. Aníbal y Daniela cruzaron su vehículo en el camino, cortaron el paso y se bajaron con rapidez. El primero de los vehículos de la RIC intentó vadearlos, pero Aníbal abrió fuego sobre el motor de la camioneta, deteniéndola en el acto. Los de la RIC se bajaron con escopetas y algunas pistolas para hacer frente, pero Aníbal y Daniela, sincronizados, vaciaron sus cargadores sobre los sujetos; aquella superioridad de fuego los inmovilizó en segundos. Ambos estaban con pasamontañas y cubiertos de negro.

El segundo vehículo de la RIC se detuvo a metros del primero y, al ver a sus compañeros acribillados, intentaron retroceder, haciéndole señas a su tercer auto para que hiciera lo mismo. Entonces, el segundo equipo de Aníbal les cortó la retirada, abriendo fuego y destrozando ese auto. Pero en ese tercer vehículo había un par de fusiles AK-47 operados por dos hombres bien entrenados que supusieron un feroz escollo.

Esos dos sujetos mantuvieron a raya a los tres miembros del equipo de Aníbal, que tuvo que continuar el tiroteo con Daniela sobre el segundo automóvil, que era donde iba el líder de la RIC. Y en este vehículo también había un arma automática que fue necesario neutralizar. El líder de la RIC también ofreció resistencia, gritando maldiciones e improperios junto con sus compañeros, mientras uno y otro de sus hombres intentaban comunicarse con la policía y otros de sus compañeros para recibir auxilio.

Aníbal entonces apuró el procedimiento, puesto que la ventana de tiempo se empezaba a cerrar; no podían toparse con la policía, ya que era impensable un enfrentamiento con ellos. Haciendo uso de sus más experimentadas habilidades, arremetió contra la resistencia que ofrecían esos porfiados sujetos y fue eliminándolos uno a uno, hasta terminar con el hombre del arma automática, que era otro fusil militar.

Daniela, al ver la resistencia neutralizada, fue a apoyar a los del otro equipo que aún tenían dificultades contra los del tercer vehículo de la RIC. Aníbal fue el encargado de acabar con la vida del líder de la RIC. El hombre lo miró fijamente a los ojos, que era lo único que se veía de la cara de Aníbal, y esperó con valentía la muerte.

—Seré un mártir —le dijo el hombre, en medio de los últimos disparos de aquel verdadero combate—. Termina tu trabajo, soldado, pero dile a quien te envió que seré un mártir y mi pueblo se levantará con más bravura.

Aníbal disparó dos veces; la cabeza y el corazón del líder de la RIC fueron destrozados. De un vistazo se dio cuenta de que todo se había terminado. El resto de los suyos ya había dado cuenta de los que quedaban de los integrantes de la RIC, por lo que subieron a sus vehículos y desaparecieron de la escena. Todo había sucedido en poco más de cuatro minutos.

Doce miembros más de la RIC, incluido su máximo exponente, habían sido aniquilados. Un trabajo más estaba terminado; ahora volverían de inmediato a la capital y empezarían a preparar su nueva operación, pero Aníbal sabía muy bien que esta acción en el sur iba a dar mucho que hablar. Se iban a destinar muchos recursos y personal para investigar y dar con los asesinos, y esta vez el cerco se estrecharía como nunca sobre ellos. Así que prefirió que, una vez llegados a la capital, se contactaría con Catalina Espinoza para tantear el ambiente primero antes de continuar con su nueva misión.

Pero Aníbal no sospechaba que el cerco lo estaba estrechando otro sujeto que no tenía nada que ver con los organismos estatales.

Capítulo 16

Lugar: Casa de Gobierno.
Fecha: 40 horas después de la aniquilación de la RIC.
Hora: 19:33.

A esa hora de la tarde, los periodistas aún estaban afuera del edificio esperando declaraciones de cualquiera de los funcionarios que trabajaban allí, y si ese funcionario era el presidente en persona, tanto mejor. Así era usualmente, pero ahora el alboroto era excepcional.

La masacre ocurrida en el sur había sido noticia internacional. Se culpó al gobierno de inmediato, pero todos los que técnicamente podrían haber realizado semejante desastre lo negaron rotundamente. El mismo gobierno, de hecho, presentó una denuncia contra quien resultara responsable del hecho y destinó unidades especializadas para investigar lo ocurrido. Las Fuerzas Armadas hicieron lo propio, enviando a la zona a sus propios especialistas. Todo para cambiar la opinión pública y demostrar que ellos no habían sido los culpables. Todo para limpiarse las manos.

Nunca desde el regreso a la democracia se había producido un hecho semejante. Los dos atentados ocurridos contra la RIC habían dejado un saldo de veintisiete muertos, incluyendo al virulento líder de la organización. Se reforzó con policías la zona y se produjeron algunos enfrentamientos, pero fue indudable para todos y sobre todo para los que vivían en la zona, que aquello sería un respiro.

La RIC había sido una espina clavada en el costado de todos los gobiernos desde que se había formado. Con su prácticamente desaparición, se empezaron a ver varios de sus negocios turbios y varios de sus propios crímenes, disfrazados en sus demandas sociales en favor de los pueblos originarios. Y la gente común y corriente a escondidas, celebró su aniquilación.

Como también se celebró en voces susurrantes la muerte del Rulo, la muerte del cura pedófilo y la muerte de uno de los narcotraficantes más importantes del país.

Había que esperar algo de tiempo más, pero el Presidente sintió en su interior que los vientos cambiarían de dirección. Las encuestas hablaban de un pequeño repunte en la sensación de seguridad de la ciudadanía, lo que repercutió en un leve aumento en la opinión de su gestión. Muy pequeño, pero aumento al fin y al cabo.

Dejó de mirar por las ventanas a los periodistas que esperaban que apareciera para acosarlo con preguntas y se giró hacia donde estaba parada Catalina, siempre con su rostro impertérrito, sin expresiones.

—¿No habrá sido mucho lo del sur? —preguntó, más como buscando una confirmación que calmara su cargo de conciencia que esperando una respuesta verdadera.

Pero Catalina era alguien que no mentía ni siquiera para hacer sentir bien a otro. Menos a un político.

—Por supuesto que fue demasiado o no habría salido en las noticias de todo el mundo, señor. Pero era algo necesario, no se podía hacer de otra manera —respondió ella.

—Pero ¿estás segura de que tu gente no dejó rastros que puedan seguir hasta mí?

—Me aseguraron que no. Se recogieron las vainas de las armas usadas, no hubo rostros que ver y, bueno… no quedaron sobrevivientes que declaren. Los autos iban sin patentes y ahora están destruidos. No quedó evidencia, excepto la forma en que se hizo. Evidentemente, las investigaciones dirán que los ataques fueron perpetrados por profesionales, pero no hay un móvil claro, no hay sospechosos, excepto las Fuerzas Armadas a las cuales hemos blindado…

—Con respecto a eso —la interrumpió el Presidente—, tuve un desfile de generales preguntándome qué carajos había pasado, lo que demuestra que ni ellos saben, pero me preocupa que alguna hebra conduzca esa investigación hasta aquí.

—Usted debe negar todo y seguir diciendo en la prensa que continuaremos buscando a los responsables. Mientras tanto, continuaremos con nuestro itinerario.

—¿Cuántos faltan a todo esto?

—Algunos, son unos pocos. Sin embargo, me gustaría ratificar a uno de los blancos antes de continuar, solo por precaución, puesto que es alguien aún activo.

Catalina le mostró entonces al Presidente una carpeta con los antecedentes del próximo blanco a ejecutar por su equipo de asesinos. El Presidente se sobresaltó al ver el rostro en la fotografía de la ficha inicial; ciertamente era alguien activo, muy activo todavía.

—¿Quién te dio ese nombre?

—Bueno, los saqué yo misma desde la base que mantiene la Agencia de Inteligencia, pero usted aprobó a todos los blancos antes de que empezáramos a actuar.

—Pues este no puede ser, ¿estás loca? Ni en dictadura se hizo algo así.

—Sí, la verdad es que no se hizo en dictadura, pero sí se hizo en democracia, usted recuerda bien la muerte del senador...

—Sí, sí lo recuerdo —dijo el Presidente interrumpiendo a su asesora—. Pero no quiero que en mi gobierno se produzca un hecho semejante. El tipo fue elegido democráticamente en unas elecciones limpias como senador y no mancharé mi gestión con un apartado de página con la muerte de un parlamentario.

—Ambos sabemos bien qué tipo de senador es... —insistió Catalina.

Hablaban de Iván Cabrera, un sujeto que había saltado a la fama como uno de los delincuentes más buscados y peligrosos del país. Tras cumplir sus condenas, se había convertido en político y había sido elegido senador en las últimas elecciones. Sin haberse rehabilitado de sus antiguas malas prácticas, las había trasladado al Senado, donde eran un secreto a voces sus coimas, nepotismo, amenazas y una serie de oscuras maquinaciones.

Hartos de su corrupción, se le habían presentado varias acusaciones constitucionales para inhabilitarlo, pero había zafado de todas. Por lo tanto, seguía siendo una molestia desesperante para el resto de la clase política, que no era precisamente limpia, pero sabía disimular mejor. Con todo, eso no era motivo para asesinarlo.

Catalina no pensaba igual. Quería imponer su voluntad férrea por sobre la voluntad más débil y cambiante del Presidente. Aquel pusilánime hombrecillo daría su brazo a torcer, aunque le costara más tiempo. Y eso que estaba siendo benevolente, pues, si dependiera únicamente de su decisión, los eliminaría a todos.

Salió de la oficina del Presidente sin decir nada más para no abrumarlo, pero de inmediato se comunicó con Aníbal Requena para darle el visto bueno de su próxima operación. Sin duda, esta llevaría más tiempo, pero se concretaría igual. Mientras ella convencía al Presidente, su equipo de limpiadores comenzaría la planeación. Atacar a un político en activo estaba por encima de cualquier acción que hubiesen llevado a cabo antes.

Requena, como el buen profesional que era, confirmó la orden y salió de la línea.

Pero ni Catalina ni Aníbal previeron que los delincuentes también tomaban nota de lo que sucedía, y el senador objetivo era un delincuente con un poco más de cabeza que el resto.

Capítulo 17

Lugar: Las afueras de la base de Cerberus.
Fecha: Inicios del invierno.
Hora: 11:50.

Se comía una hamburguesa casi sin hambre, como por compromiso, porque sabía que luego no tendría tiempo de hacerlo o no se daría el tiempo de hacerlo. A pesar del buen desayuno que había comido, ya habían pasado varias horas de ello y, aun así, tenía poca hambre. Faltaban minutos para el mediodía recién y él nunca acostumbraba a almorzar tan temprano, pero la tarde se haría corta y tenía que aprovechar bien el tiempo.

Aunque ese aprovechamiento del tiempo significara estar esperando a que apareciera por esas dependencias el hombre a quien quería entrevistar.

Ramiro llevaba mucho tiempo siguiendo esa pista y parecía estar dando palos de ciego; no lograba nada. Empecinado en que allí estaba su respuesta a la incógnita de quién o quiénes estaban detrás de los famosos golpes contra la delincuencia, pasaba días enteros esperando hablar con alguien para hacer preguntas, sin embargo, aquella secretísima empresa de seguridad privada parecía tener el secreto y el misterio dentro de sus estatutos legales, pues nunca uno de sus funcionarios le había dicho algo. Nada. Ni nombres, ni funciones, ni organigrama, nada de quienes operaban ahí.

El problema era que lo conocían.

Poco amistoso con los militares y policías, Ramiro entendió que los funcionarios de esa empresa, en su mayoría exmilitares y expolicías, no lo recibían con agrado y, como ya no eran funcionarios estatales, la libertad de expresión a la que él representaba, se la guardaban muy bien en los bolsillos.

Pero Ramiro no buscaba hablar con cualquier funcionario; quería hablar con los más experimentados, aquellos que hubieran estado mejor preparados. Tipos de menos de cincuenta años que hubiesen servido activamente en las Fuerzas Armadas y que ahora trabajaran allí. Gente con especialidades secundarias mientras fueron militares, pero no simples paracaidistas; buscaba sujetos con cursos de comandos, francotiradores, buzos tácticos, DAPE, entre otros. Es decir, hombres o mujeres con conocimientos muy específicos para operar tras líneas enemigas en caso de un enfrentamiento armado.

Mientras terminaba su hamburguesa y la acompañaba con un generoso sorbo de la gaseosa que tenía a la mano, vio salir por la puerta principal a una joven con paso rápido que, por su expresión, parecía molesta. Ramiro se bajó del auto, limpiándose la boca con la manga de su camisa, sin importarle el decoro, y se acercó a la chica. Ella efectivamente estaba furiosa, despotricando improperios contra alguien, y Ramiro decidió abordarla con mucho cuidado.

—Disculpe, señorita, perdone molestarla. Me llamo Ramiro, ¿me podría dar unos minutos para hacerle unas consultas?

La joven se detuvo en seco y miró de pies a cabeza a su interlocutor repentino. Luego entrecerró los ojos como recordando algo y le contestó con otra pregunta:

—¿Usted es el periodista ese que lleva días rondando aquí, cierto?

Confirmando sus sospechas, Ramiro no tuvo opción más que asentir con la cabeza, acompañando su ademán con unas escuetas palabras.

—Sí, soy ese mismo. Solo quiero hacerle un par de preguntas, nada comprometedor.

La joven miró hacia atrás, hacia la puerta por donde acababa de salir, y luego suspiró y murmuró algo que quizá era solo para ella, pero que Ramiro igual escuchó.

—A la mierda... que se jodan. Le diré lo que quiera saber.

Ahí, Ramiro entendió algo que era como una ley universal. Su padre le había dicho hace décadas, cuando él era un niño y recién comenzaba a desarrollar su gusto por las mujeres, que no había peor enemigo que una mujer despechada. Con el tiempo, lo había confirmado. Mucho más astutas que los hombres, las mujeres eran de temer cuando se sentían traicionadas.

Ahora, mientras subía a su auto junto con aquella enfadada joven, Ramiro sumó otra arista al refrán de su padre: además de una mujer despechada, no hay peor enemigo que un empleado disgustado... y peor aún si ese empleado es una mujer.

La joven acababa de ser despedida por reducción de personal. Llevaba varios años en el lugar y, aunque le habían prometido pagarle todo, su enojo radicaba en que solo la semana pasada le habían asegurado que continuaría en sus labores, aunque con un cambio de departamento. Hoy, le entregaban la carta de despido.

Durante el trayecto de vuelta hacia la ciudad, Ramiro encendió la grabadora y comenzó a hacerle preguntas. Se sentía tan feliz como un minero que acabara de encontrar una veta de oro, aunque procuraba no demostrarlo frente a la joven.

—Mire, me gustaría saber qué tipo de gente contratan ahí. Sé que es una empresa de seguridad privada, pero, viendo las dependencias que tienen, dudo mucho que se dediquen a tener guardias de supermercado, sin ofender.

—No, son algo más que guardias de supermercado —respondió la chica—. Esa es una empresa de mercenarios; contratan exmilitares y expolicías, pero para trabajos mucho más delicados. Algunos se subcontratan para proteger a personas importantes, millonarios. Algunas veces envían gente al exterior a proteger recursos e infraestructura crítica en países en crisis;

hubo muchos de ellos en Haití, por ejemplo. También entrenan a equipos de las policías y a unidades de las Fuerzas Armadas.

—¿Eso es legal?

—Bueno, ellos dicen que solo arriendan sus dependencias y que los cursos los imparten las Fuerzas Armadas, según sus estándares, pero lo cierto es que los instructores de esos cursos son empleados de Cerberus. También se están entrenando civiles en tácticas de combate urbano. Y eso sí que es ilegal aquí porque, por ley, el monopolio de las armas lo tiene el estado.

—Exacto.

Guardaron un poco de silencio porque Ramiro necesitaba digerir lo que estaba escuchando. Se estaba dando cuenta de que Cerberus era una especie de Blackwater estadounidense o Wagner rusa, pero con tintes nacionales.

—¿Sabe si lo que sucedió en el sur, con la RIC, fue realizado por gente de Cerberus?

Fue una pregunta directa; a Ramiro se le aceleró el corazón mientras esperaba la respuesta. Esa respuesta podría darle el premio nacional de periodismo.

—La verdad es que no —dijo la chica—. Hasta donde sé, no fue ningún equipo de Cerberus despachado al sur a realizar ninguna tarea, ningún entrenamiento, nada. La Fiscalía fue donde primero vino a preguntar, de hecho.

Ramiro se desmoronó. Aunque podría ser que simplemente la chica no estuviese al tanto por ser una misión delicada, pero si la Fiscalía, que seguía el caso, ya había hecho sus averiguaciones sin llegar a ningún resultado, entonces debía ser cierto.

—Pero mire —continuó la chica, y esa frase siempre abría una ventana, según la experiencia de Ramiro, que giró su cabeza para mirarla—. No sé si tenga algo que ver, pero antes que yo se fuera de la empresa un instructor muy, pero muy apreciado por los dueños de la empresa. Nunca supimos el motivo real, pero para todos fue una sorpresa que se marchara porque era un tipo que estaba a cargo de proyectos importantes dentro de la empresa y estaba bien posicionado; lo que necesitaba se lo daban.

—¿Y se fue así, sin más?

—De un día para otro, no se dieron explicaciones y nadie entendió ese cambio.

—¿Y quién era esa estrella? —preguntó Ramiro, sin mucho interés—. ¿Exmilitar, expolicía?

—Era un exmilitar; tenía casi todas las especialidades que pueden adquirir esos tipos y, por sobre todo, tenía mucha experiencia en acción real.

Ahí Ramiro se interesó un poco más; «acción real» significaba que había estado en situaciones de conflicto reales y eran muy pocos los militares nacionales con ese tipo de experiencia. Oficialmente, de hecho, no debería existir ninguno, puesto que el país no estaba inmerso en ninguna operación bélica desde hacía años.

—¿Cómo sabe que tenía experiencia bélica?

—Porque vimos su historial militar y fuimos testigos de su historial en Cerberus. Por lo menos con la empresa estuvo en Ucrania más de un mes y volvió sin un rasguño y ahí es absolutamente seguro que estuvo en acción real. Eso ya es mucho decir.

—¿Y qué hizo en Ucrania?

—Bueno, fue enviado como instructor de la Legión Latina que lucha allá. Pero una vez en Ucrania fue enviado al frente como miembro de una unidad de élite que actuaba tras líneas enemigas. Ahí enseñó algunas técnicas que fueron muy apreciadas por los ucranianos... le ofrecieron quedarse, pero él no quiso; cumplió el contrato y regresó. Aquí en Cerberus instruyó a muchas unidades de las policías y de las Fuerzas Armadas; sus cursos eran muy exitosos, según lo que se comentaba afuera. Por eso es extraño que haya desaparecido.

—¿Y no es probable que haya sido enviado al extranjero de nuevo?

—No.

—¿Por qué está tan segura?

—Porque mi trabajo hasta hoy era redactar los contratos del personal y nunca redacté uno de este hombre para una nueva incursión al extranjero.

El corazón de Ramiro se estaba acelerando, sentía que se acercaba a su pista más esclarecedora.

—¿Cuál es el nombre de este «Rambo»?

—Se llama Aníbal Requena..

Capítulo 18

Lugar: Casa de Ramiro Mendoza.
Fecha: Inicios del invierno.
Hora: 18:20.

Estaba entre abrumado y feliz, había llegado a su casa esperanzado de que por fin había encontrado el camino correcto para seguir adelante. Una vez más su instinto forjado por la experiencia le había ayudado. Ya tenía un nombre y a eso se sumaba que, sin lugar a duda, había también una mujer en ese comando, lo que le decía que al menos eran dos miembros.

Aníbal Requena.

Escribió el nombre en su computadora y buscó si había algo en internet. Nada relevante. Era seguro que su expediente había sido sacado de circulación porque se trataba de un operador muy preciado en sus años de servicio activo, lo que respaldaba lo que su informante le había comunicado en horas de la mañana. Y eso también respaldaba su teoría: que eran exmilitares. Eso explicaba todo.

Todo; la limpieza, el profesionalismo, el cuidado, las tácticas.

Lo único que no explicaba era el motivo. Eso se lo debería preguntar cara a cara.

La mujer le intrigaba, pero Ramiro sospechaba que ya con el nombre del hombre, era cuestión de tiempo dar con la chica. Ahora lo importante era anticiparse a ellos y ver cuál sería su próximo ataque, porque después de todos esos meses aniquilando criminales, era seguro que lo harían de nuevo. El tema era averiguar quién sería.

Había que ver el cuadro completo; tenía que analizar qué tipo de criminales habían sido ultimados por ese comando de asesinos y Ramiro vio que abordaban una amplia gama de crímenes. Asaltantes de renombre, narcotraficantes de renombre, pedófilos de renombre, pseudoterroristas de renombre…

Todos de renombre.

La pregunta era ver qué arista les faltaba. No se sabía de violadores de renombre, ni estafadores de renombre, ni políticos corruptos (que había muchos) de renombre que hubiesen sido asesinados en el último tiempo con ese *modus operandi*. Podía ser en una de esas gamas de criminales de donde saliera la próxima víctima de los asesinos, pero era difícil adivinar quién podría ser. Ramiro tenía entre sus carpetas de investigación decenas de criminales famosos que podrían encajar en el perfil del comando para liquidarlos y no se podría adelantar.

Por lo pronto, podría seguir la búsqueda del paradero actual de ese tal Aníbal Requena e intentar averiguar el nombre de la enigmática mujer que, él intuía, lo acompañaba. Según su perspectiva, era muy seguro que se hubiesen conocido o en los años de servicio de Requena en las Fuerzas Armadas o en su tiempo en Cerberus.

Las dos prostitutas que había entrevistado en la costa le habían dado una descripción muy detallada de la chica, así que se le ocurrió una idea. De hecho, se maldijo a sí mismo por no haberla pensado antes.

Salió con rapidez de su casa y prácticamente voló en su auto hasta uno de sus colaboradores: un experto en edición de imágenes que, a sus cuarenta años, seguía viviendo con su madre viuda. Aunque ya habían trabajado juntos en varias ocasiones, el sujeto siempre le cobraba, y esta vez no fue la excepción. Ramiro, a regañadientes y con las arcas bastante vacías, le pagó.

Luego le proporcionó la descripción de la mujer que buscaba, y el experto generó un retrato virtual basado en la información recibida. Ramiro observó el resultado: era una mujer de mediana edad, atractiva, y su imagen tenía los rasgos característicos suficientes como para buscarla en bases de datos.

La pregunta clave seguía sin respuesta: ¿qué arista les faltaba?

Los objetivos del comando de asesinos incluían asaltantes de *renombre*, narcotraficantes de *renombre*, pedófilos de *renombre*, pseudoterroristas de *renombre*.

Todos de *renombre*.

No se sabía, sin embargo, de violadores de *renombre*, estafadores de *renombre*, ni políticos corruptos (que había muchos) de *renombre* que hubiesen sido asesinados recientemente con ese *modus operandi*. Podría ser en una de esas gamas de criminales de donde saliera la próxima víctima de los asesinos, pero era difícil adivinar quién podría ser. Ramiro tenía entre sus carpetas de investigación decenas de criminales famosos que podrían encajar en el perfil del comando para liquidarlos, pero no podía adelantarse.

Por lo pronto, continuaría la búsqueda del paradero actual de ese tal Aníbal Requena e intentaría averiguar el nombre de la enigmática mujer que, intuía, lo acompañaba. Según su perspectiva, era muy probable que se hubieran conocido en los años de servicio de Requena en las Fuerzas Armadas o durante su tiempo en Cerberus.

Las dos prostitutas que había entrevistado en la costa le habían dado una descripción muy detallada de la chica, así que se le ocurrió una idea. De hecho, se maldijo a sí mismo por no haberla pensado antes.

Salió con rapidez de su casa y voló prácticamente en su auto hasta uno de sus colaboradores; un experto en edición de imágenes que, con cuarenta años, seguía viviendo con su madre viuda. A pesar de sus habituales colaboraciones, el sujeto siempre le cobraba y esta no fue una excepción. Ramiro, muy de malas ganas, le pagó, ya que estaban muy escasas sus arcas.

Luego le dio la descripción de la mujer que buscaba, y el sujeto hizo un retrato virtual según la información. Ramiro vio entonces que era una mujer de mediana edad, atractiva, y que se podía buscar en una base de datos…

—¿Puedes ingresar a la base de datos de rostros de la PNC? —le preguntó al dibujante, obeso y de barba descuidada.

El desaseado pero hábil artista lo miró hacia arriba desde su sillón de escritorio y se acomodó los lentes de descanso que usaba.

—Sí puedo, pero ahora me podrían rastrear y no quiero problemas con ellos... —fue su mentirosa respuesta.

—A la mierda, ¿cuánto más me costará? —le preguntó Ramiro, sabiendo que eso era en realidad lo que el hombre quería.

—Bueno, considerando el riesgo... estamos hablando de quinientos.

—¡Eres un sinvergüenza de mierda! —exclamó Ramiro—. Un peruano cualquiera lo haría por la mitad. Al menos piensa en nuestra amistad de años.

—No somos amigos, tú mismo siempre lo dices. Te invité al cumpleaños de mi mamá el año pasado y no viniste.

—¡Me dijiste que invitaste a un payaso infantil! ¿Qué iba a hacer yo en medio de eso? Tienes cuarenta años, por los clavos de Cristo.

—¡A mi mamá le encantó!

—¡Porque eres su hijo! Nunca te dirá que no, pero estoy seguro de que si le preguntas, te va a decir que te vayas a buscar una mujer y te largues de su casa.

—En fin, mira, me caes bien y a mi mamá también —continuó el gordo—. Pondré el buscador por treinta segundos y, si damos con una similitud en ese tiempo, te lo doy gratis. Si no lo encuentra mi buscador, te vas de aquí.

—Me parece justo —respondió Ramiro sin opción—. Hagámoslo.

El gordo entonces se puso a teclear con una rapidez que no concordaba con su cuerpo perezoso. Ramiro, que algo sabía de computación, se perdió de inmediato en lo que el gordo de lentes y enemigo del jabón, por lo que apreciaba, estaba haciendo. Luego de unos segundos, en los que pasó del internet normal a lo que Ramiro creyó que era la Deep Web, puso a correr un programa al que cronometró en unos precisos treinta segundos.

Sin embargo, la pantalla se detuvo apenas a los diez; la pantalla entonces se dividió en dos. En el costado izquierdo estaba el dibujo con el rostro caracterizado que el gordo había hecho hacía unos minutos con la descripción que Ramiro le había dado, y en el costado derecho estaba el rostro real de quien probablemente era el dueño de ese rostro.

Ramiro vio que ambos rostros eran idénticos ambos. Sintió cómo su corazón se aceleraba al verlo. El rostro aparecía junto con una ficha policial, y entonces supo por qué el buscador del gordo desaseado la había encontrado en tan poco tiempo: era una exoficial de la PNC.

—¡Santo Dios! —exclamó, mientras el gordo abría un chocolate.

—Bueno, se demoró menos de treinta segundos en encontrar a tu chica, así que no te voy a cobrar.

Ramiro estaba tan emocionado que, sin importarle el olor a sobaco del gordo, le dio un fuerte abrazo en agradecimiento.

—¡Muchas gracias, no sabes lo que hiciste hoy! Vendré cuando termine esto, gordo, ¡te lo prometo!

Ramiro salió raudo de la casa del hacker, que se quedó comiendo su chocolate sin entender nada. El periodista se grabó el rostro en su memoria, junto con el nombre de la mujer que aparecía en la foto impresa.

Ya solo le faltaba averiguar cómo una exintegrante de la PNC como Daniela Ballesteros se podría haber encontrado con un exmilitar como Aníbal Requena.

Pero estaba muy seguro de que ambos estaban detrás de los asesinatos, porque Aníbal Requena había salido de Cerberus poco antes de que empezaran esos asesinatos tan cuidadosamente ejecutados, y Daniela Ballesteros también había sido dada de baja poco antes del inicio de los crímenes.

Ya en su casa, Ramiro estuvo veinte horas seguidas averiguando el historial de Daniela, y ahí sí que había mucha más información. La mujer había sido escolta de una ministra y la había salvado de un asalto en una secuencia muy famosa en internet años atrás. Después había sido enviada al sur, y luego de unos escándalos balísticos, ella había solicitado la baja.

Entonces, en un apartado casi oculto de la hoja de servicio de la chica, Ramiro dio con la frase que confirmaba toda su tesis, todo su trabajo: Daniela había participado en un curso táctico impartido en Cerberus en la época en que Requena trabajaba allí.

Capítulo 19

Lugar: Palacio del Parlamento.
Fecha: Inicios del invierno.
Hora: 11:43.

El seguimiento había sido muy dificultoso por la intensa agenda del blanco. El hombre se movía con rapidez y de forma constante, lo que complicaba mantener a uno de los miembros del equipo de forma permanente tras sus pasos de manera permanente. Además, el número reducido de los suyos no ayudaba.

Aníbal había sido el primero en iniciar el seguimiento, y luego fue turnando al resto, mientras rotaban realizando otras tácticas de vigilancia con medios tecnológicos. Los drones militares que operaban en el aire se vieron relativamente incapacitados al tener que usarlos en los recintos gubernamentales, por lo que el seguimiento físico tomó una importancia capital.

La misma agenda intensa de Iván Cabrera, en la que cada día hacía algo distinto e iba a lugares diferentes, impedía que Aníbal decidiera la forma y el lugar exacto para ejecutar la acción.

Había otro punto clave en todas las vigilancias que habían realizado sobre Cabrera: todos notaron que el corrupto senador estaba custodiado por varios guardaespaldas armados. Varios de ellos.

De forma disimulada, obtuvieron fotografías de los guardias y descubrieron que eran sujetos provenientes del crimen organizado, «soldados» que se habían iniciado en el narco y que habían protagonizado una serie de asaltos, asesinatos y robos a gran escala. En resumen, eran hombres fogueados en el uso de armas y que no dudaban en abrir fuego cuando era necesario hacerlo. Y más aún si estaban encargados de proteger al senador.

Aníbal también estudió los vehículos en los que el blanco se movía; reconocieron seis autos, todos eran de doble tracción, potentes, y al menos un par de ellos eran blindados. La comitiva eran siempre constaba de dos autos con al menos seis individuos de escolta, probablemente armados con algo más que armas de puño.

Dos semanas de trabajo le mostraron a Aníbal que esta misión iba a ser una misión muy complicada de cumplir. Además, estaba el contexto en el que se desarrollaría: Iván Cabrera no solo era un narcotraficante y criminal muy poderoso, con tentáculos en una amplia gama de negocios ilícitos, sino que también era un senador de la república, elegido por votación popular en tiempos de democracia.

Los anteriores asesinatos que habían cometido habían sido ampliamente celebrados por la opinión pública, excepto la desarticulación de la RIC, que fue más discutida. Sin embargo, asesinar a un despreciable político, por muy despreciable que fuera, era algo que estaba en otro nivel, en otra dimensión. Y eso era algo que ameritaba una reunión presencial con Catalina Espinoza.

Se reunieron en un café céntrico, que no llamaba la atención de nadie. La mujer apareció de la nada; esa era su habilidad para pasar desapercibida. Daniela Ballesteros estaba unas mesas más atrás, con su arma sin seguro, por si todo se trataba de una trampa. A estas alturas, no se podía confiar en nadie, Aníbal lo tenía más que claro, y Daniela era alguien que no dudaba en disparar si es que necesitaba cubrirle las espaldas.

—Me imagino a qué se debe todo esto —dijo a modo de saludo Catalina.

—Sí, necesito confirmación de nuevo para ejecutar la misión —le respondió Aníbal también a modo de saludo.

—A mí me parece que en realidad no es eso lo que necesitas, más bien parece que quieres que la operación se cancele.

—Creo que sería lo más apropiado. Aparte del contexto en el que me estás pidiendo que haga esto, está la complejidad; el sujeto se mueve con una escolta armada de varios individuos y en distintos vehículos. Toma la precaución de moverse por lugares concurridos y se rodea de civiles. Si me preguntas a mí, yo te diría que parece ser que espera el ataque, como si estuviera avisado.

—Eso no es posible. Nuestro círculo de intervinientes es muy reducido, nadie podría haberle avisado. Quizá se comporta así porque tiene muchos enemigos; como mafioso, debe estar al tanto de quienes quieren eliminarlo, otros mafiosos que no tienen tus escrúpulos.

Aníbal sonrió.

—Es algo más que los escrúpulos. Sea como sea, el maldito ese fue elegido por votación popular. Es un representante del pueblo por el que se supone que estamos haciendo esto. No deja de ser irónico y dice mucho sobre la sociedad en la que vivimos.

Esta vez, la que sonrió fue Catalina.

—Sí, es verdad, y por eso mismo debemos hacer una limpieza. Se supone que quienes nos representan en el poder deben ser los mejores de entre nosotros; de otra manera, estaríamos llevando nuestra sociedad al abismo. Se empieza con este tipo de acciones: eligiendo a criminales como representantes.

—Bueno, eso da para otra conversación —zanjó Aníbal—. La cuestión es que es muy difícil hacerlo.

—Lo del sur también era muy difícil.

—Sí, y todo el mundo nos busca, no se me ha olvidado. Hemos tenido que vivir con un ojo en la espalda y eso nos resta flexibilidad.

Guardaron silencio unos segundos, que ambos aprovecharon para dar cuenta del café que cada uno había pedido. Ambos eran americanos. Hacía frío ya a esas alturas del invierno.

—Mira, si luego de hoy me voy con la confirmación de que debemos cumplir la misión —continuó Aníbal—, utilizaré todos los medios y todos los recursos que has puesto a nuestra disposición para así hacerlo, pero no te aseguro que será un éxito. Y sí te aseguro que perderemos la invisibilidad. Posiblemente aquí terminemos.

—Que así sea —respondió Catalina, con una resolución que Aníbal no le había visto ni siquiera a los mejores comandantes que había tenido en sus años de gloria.

Terminaron el café tras un par de minutos de silencio eternos. Aníbal miró a la mujer unos instantes mientras apuraba la bebida que le calentaba el cuerpo, y la mujer se dio cuenta.

—¿Tengo algo? —le preguntó.

—No, nada —respondió Aníbal. Luego dejó dinero para pagar lo de ambos, más la propina, y se levantó para irse. Daniela Ballesteros hizo lo propio—. Solo te miro porque es probable que no nos volvamos a ver en mucho tiempo, Catalina. En mucho tiempo.

Cuando el hombre se había girado para perderse entre la multitud que pululaba por la ciudad a esa hora, Catalina le habló, también levantándose.

—¿Por qué lo hiciste? ¿Por qué te quedaste al final, sinceramente?

Aníbal hizo un gesto de no entender la pregunta.

—Te cobré un favor y te convencí con lo de tu sobrino —explicó Catalina—, pero ¿por qué seguiste? Un favor antiguo se podría haber pagado con poco. Tuviste tu venganza por lo del niño…

—Porque tú eres buena en todo lo que haces, pero no matando criminales —le respondió el hombre, poniéndose a caminar.

Catalina solo rio. Y eso que ella nunca se reía.

Capítulo 20

Lugar: Oficina de Iván Cabrera.
Fecha: Indeterminada.
Hora: 15:13.

Estaba lloviendo y el agua caía a raudales, como hacía tiempo no lo hacía. Después de varios años de sequía, esa lluvia se agradecía enormemente. El equipo de Aníbal también lo agradecía, ya que les permitía mimetizarse mejor mientras obtenían las fotografías con las que documentaban la operación.

Ubicados en el segundo piso de un edificio céntrico, de todos modos, se podían obtener buenas fotos, pues la oficina tenía amplias ventanas. Estacionados en dos puntos distintos, esperaban capturar varios ángulos y así ampliar las posibilidades. Sin embargo, al llegar a las dependencias del político corrupto, se dieron cuenta de que no sería una buena idea intentar la acción ahí. Aparte de los escoltas que siempre lo acompañaban, en las oficinas había media docena más de hombres, y Aníbal aseguró escuchar a más de uno con acento extranjero, colombiano para ser exactos. Eso cambiaba el panorama.

Ya no se trataba solo de criminales que sabían usar armas; ahora eran profesionales. Era seguro que esos mercenarios habían sido reclutados de las antiguas guerrillas colombianas, que durante más de cuarenta años habían asolado al país, y eso ya era otro nivel de experiencia.

—Si es cierto, entonces tenemos que repensar el plan —advirtió Daniela, que era quien estaba tomando las fotos desde el auto con Aníbal.

—Creo que sí. De todos modos, no lo haríamos aquí, está muy expuesto —respondió Aníbal.

—Yo había pensado subir a la oficina y ultimarlo ahí. Habría sido rápido, pero esos guardias lo cambian todo.

—Exacto; un tiroteo en este lugar pone en riesgo a civiles. Y eso sí que nos condena. Si nos enredamos en un tiroteo en pleno centro, tendremos en dos minutos tendremos a la policía, y será nuestro fin. Tenemos que hacerlo en otro lugar.

—El problema es que este maldito se mueve por muchas partes y, en todo este tiempo siguiéndolo, no hemos logrado dar con una ruta que se repita. Yo sigo insistiendo en que este blanco fue alertado y sabe que lo estamos siguiendo.

—Yo creo lo mismo.

La emotiva conversación con Catalina no había logrado calmar la ansiedad de Aníbal, quien seguía pensando en la posibilidad de una trampa en su contra. Y eso le impedía concentrarse en planear la operación.

Sacaron un par de fotografías más, en las que se veía cómo Iván Cabrera departía alegremente con otros políticos de centro derecha que Aníbal identificó por ser personajes que frecuentemente aparecían en los noticieros. No había nada de raro en ello, excepto los tratos indecentes que manejaban. Los negocios más oscuros, los delictuales, seguramente los trataba en otros lugares menos expuestos y mucho más protegidos.

En la carpeta de inteligencia, Cabrera aparecía como un capo de la droga de nivel internacional; un proveedor para Europa que estaba llenando el vacío que había dejado Vicente Altamirano, pero del que había aprendido varias lecciones. Una de las principales parecía ser rodearse de escoltas confiables y profesionales, y no escatimar recursos en protección.

Luego de esas tomas, Aníbal dio la orden de retirada. Ya no pasaban mucho tiempo estacionados en un mismo lugar para evitar las sospechas. Se encaminaron por rutas separadas hacia su punto de reunión, dando varias vueltas antes de llegar. El auto con los otros miembros del equipo llegó primero, y Aníbal con Daniela dieron un par de vueltas más, por si había alguien siguiéndolos o si les habían tendido alguna emboscada. Solo cuando recibieron el visto bueno de los primeros, se dirigieron a la maltrecha construcción en donde mantenían parte de su equipo. La otra parte la guardaban en bodegas arrendadas, varias de ellas.

Antes de llegar, cargaron combustible; los vehículos se mantenían siempre llenos en caso de emergencias. Nunca lo hacían en la misma estación de servicio, y tampoco se bajaban tampoco; siempre esperaban la atención del empleado para no mostrarse ante las cámaras de seguridad que había en las estaciones.

Antes de partir a sus lugares de residencia, los que iban cambiando cada cierto tiempo por seguridad, el grupo se quedó reunido, ya que a todos les causaba una especie de escozor esa operación. Desde que habían aceptado esos trabajos, ninguno les había provocado mucho remordimiento, pero este en especial estaba resultando ser mucho más complejo que los anteriores. Las dudas los asaltaban a todos.

—Creo que deberíamos abortar esto —dijo uno de sopetón, resumiendo en realidad lo que todos pensaban.

—Ya estamos comprometidos, no podemos renunciar —le respondió Aníbal.

—Pero hay algo raro, se puede sentir cuando hacemos los seguimientos que hay algo que no está bien —dijo otro.

—Estamos siguiendo a uno de los mafiosos más importantes del país, tiene muchos enemigos, por lo tanto, se protege más que otros —Aníbal intentaba tranquilizar a su equipo, pero ni él mismo estaba tranquilo porque compartía las mismas dudas.

—Aun los mafiosos importantes tienen rutinas que repiten a veces. Este cretino no lo hace, todos los días sigue rutas distintas; sabe que lo seguimos, y a mí me da la impresión de que tal vez seamos nosotros los cazados —espetó Daniela.

Se produjo un silencio tenso, en el que los ojos de todos se clavaron en Aníbal. No lo habían conocido a profundidad antes de los trabajos de asesinato, excepto Daniela, de quien había sido instructor, pero en todo ese tiempo se había ganado el respeto del equipo por su capacidad organizativa y su inteligencia. En resumidas cuentas, confiaban en que él les podía dar una solución al problema. Una que no los condenara o a la cárcel o a la muerte.

Pero, al mismo tiempo, Aníbal era un hombre terriblemente honorable y ya había empeñado su palabra ante Catalina Espinoza, por lo que debía completar esa misión a toda costa. Así que buscó la salida más democrática a esa situación.

—Entiendo las dudas de todos —empezó—, así que vamos a hacerlo fácil. Yo ya confirmé que la operación se llevaría a cabo, pero en esta ocasión no los obligaré a respetar el compromiso que hicieron cuando esto comenzó. Será voluntario. Quien quiera puede seguir, y si no es el caso, entonces quedan a la espera del próximo objetivo. Si debo hacerlo solo, entonces que así sea.

El silencio fue aún más tenso.

Capítulo 21

Lugar: Casa de Ramiro Mendoza.
Fecha: Indeterminada.
Hora: 20:20.

Había tenido que golpear muchas puertas (en sentido figurado, puesto que en realidad lo que había tenido que hacer era enviar muchos mensajes) para poder dar con una pista que lo acercara a los dos sospechosos que había identificado como miembros del equipo de asesinos que investigaba desde hacía tanto tiempo ya.

Lo que también descubrió —y eso sí que era la prueba más firme de que Requena era uno de los asesinos—, era que el niño muerto en una encerrona hace mucho tiempo, que había provocado una inmensa polémica en el país y cuyo asesino había sido El Rulo (el primero de los muertos por el comando), era sobrino de ese hombre; eso le daba un móvil.

Convencido de la pertenencia de Requena a ese grupo de vengadores anónimos, por llamarlos de algún modo, Ramiro se abocó a encontrar al exmilitar a como diera lugar. Un hombre con esa vida seguramente era alguien muy cauteloso, y los primeros días dedicados a buscarlo fueron totalmente infructuosos.

El tipo no dejaba rastros de ningún tipo; no usaba tarjetas de crédito o débito, no hacía transferencias bancarias, no había teléfonos a su nombre, y no pudo averiguar si tenía su propia familia… Nada. Era un fantasma viviendo en la ciudad, en el país. Tampoco pudo ubicarlo por medio de los archivos militares; en el Ejército aún eran muy celosos con la información de los suyos. No había nada en que apareciera el nombre de Aníbal Requena.

Sin embargo, con Daniela Ballesteros la cosa fue distinta. La mujer, que había sido una celebridad en internet hacía unos años, había dejado más pistas que seguir. La Policía Científica, mucho menos mezquina para proporcionar información, resultó ser más accesible. Ramiro dio con la última dirección registrada en la Policía Científica al momento de su baja, pero cuando fue a visitarla, ella no estaba allí. Tampoco los días siguientes. Eso era un indicio de que estaba inmersa en las acciones que él investigaba.

Sin embargo, eso también resultó ser un problema, ya que Daniela había desaparecido y no había huellas tampoco de su paradero. Ramiro habló con algunos vecinos de la mujer, quienes le comentaron que no era una persona sociable, aunque era educada, por lo que no sabían qué podría haber sucedido con ella. Lo más probable era que se hubiese mudado de residencia.

Pero la casa seguía sin arrendar y aún a nombre de Daniela.

Tampoco Daniela utilizaba tarjetas ni medios electrónicos de pago, no usaba teléfonos celulares y el que tenía registrado a su nombre estaba ubicado en la casa donde Ramiro había ido a buscarla, según la georreferenciación.

Entonces, Ramiro pensó en algo que le había enseñado su experiencia investigando personas: dejó a Daniela a un lado y volvió a centrarse en Aníbal. Ya era un hecho que tenía un hermano, así que empezó a investigarlo a él, un hombre destruido por la muerte de su hijo. Ahí se llevó una sorpresa: el hombre visitaba a unos niños que eran sus sobrinos… hijos de Aníbal.

El corazón casi se le salió del pecho a Ramiro cuando vio esa imagen. Después de varios días de seguimiento disimulado, se encontró con esos pequeños, y confirmó que eran hijos de Aníbal Requena. Sin decirle nada ni a los niños ni al tío para que no alertar a su verdadero objetivo, Ramiro comenzó a pensar como lo hacían esos hombres.

Sabía que era poco probable —por su experiencia investigando a militares en acción— que Aníbal llegara todos los días a su casa mientras preparaba operaciones de asesinato. Generalmente, los equipos tácticos se concentraban en otro lugar mientras duraban las operaciones. Sin embargo, muchos de ellos confesaban extrañar a sus familias y a veces realizaban visitas fugaces visitas para sentirlos cerca.

Así que Ramiro decidió seguir a los niños. Una semana entera siguió al furgón escolar que los trasladaba de la casa al colegio (y así averiguó la residencia de Aníbal). Fue una tarea constante y agotadora, que consumió sus últimos recursos, pero obtuvo su premio cuando vio que Requena era uno de esos hombres duros, pero que adoraba a su familia.

El hombre necesitaba ver a sus hijos.

Lo vio llegar en la noche, cerca de la medianoche. Aníbal solo estuvo solo unos minutos en su casa, pero fueron suficientes para que Ramiro pudiera fotografiarlo e iniciar su seguimiento. Ramiro sudaba de nerviosismo, casi no podía creer lo que estaba logrando; por fin después de tanto tiempo, por fin había dado con el que seguramente era el blanco de su historia más importante, y quizá una de las más grandes historias desde el retorno a la democracia en el país. Cuando Requena arrancó a toda velocidad tras su breve visita, Ramiro casi lo pierde en la salida, pero logró calmarse lo suficiente para mantener la distancia, cuidando de no ser descubierto.

Dieron varias vueltas por calles desconocidas, y Ramiro tuvo que encender la aplicación de mapas de su teléfono para no perderse. Tras más de una hora de viaje sin detenerse en ningún lugar, y sin un sentido aparente, Ramiro comenzó a sospechar. O Requena era increíblemente desconfiado y estaba asegurando su camino, o algo raro pasaba, porque nunca había hecho un seguimiento tan extraño.

De pronto, entraron de nuevo en una de las arterias más concurridas de la capital, y Requena aceleró a fondo, adelantando a otros autos de manera impulsiva y hasta peligrosa. Ramiro, que no era un conductor experto, hizo lo que más pudo para no perderlo. Durante unos diez minutos, continuaron esa frenética persecución, y fue solo cuando Requena volvió a un ritmo de conducción más propio de la calle en la que circulaban que

Ramiro se dio cuenta de lo estúpido que había sido estúpido seguirlo a esa velocidad. Las emociones lo habían llevado a cometer un error que podía ser fatal.

Mientras empezaba a sudar de nuevo, esta vez no por la emoción de un posible premio periodístico, vio que Requena volvía a acelerar y doblaba por una esquina hacia una calle menos transitada y mucho más oscura. Ramiro lo siguió, pero esta vez sí que fue sobrepasado por las habilidades de conducción de Requena, quien se perdió en medio de esa calle oscura. Ramiro bajó la velocidad, observó con atención por unos minutos, y finalmente vio el auto de Requena estacionado cerca de unos tachos de basura.

Sin dudarlo, dejó su propio auto estacionado a varios metros de distancia y se bajó para caminar hacia el de Requena.

Solo entonces, su lucidez volvió, y se dio cuenta, demasiado tarde, de que había caído en una trampa brutal.

—¡Mierda! —se dijo a sí mismo, deteniéndose en seco a mitad de la calle, a tan solo tres metros del auto de Requena.

Pero su condición de presa abatida no cambió para nada con esa expresión. Era hombre muerto.

Capítulo 22

Lugar: Calle aledaña al centro de la capital.
Fecha: Indeterminada.
Hora: 02:15.

Aníbal se alertó al segundo día.

Desde que había comenzado a trabajar para Catalina Espinoza y a realizar esas operaciones, siempre encontraba la manera de ir unos minutos al colegio de sus hijos y verlos desde afuera. Nunca les hablaba, pero esos pocos minutos de observación le bastaban. Siempre desde lejos, siempre a cubierto.

Y siempre atento a quién más rondaba por los alrededores, porque sabía que el asesinato de su sobrino podía ser una hebra conductora hasta él. Alguien podría rastrear la similitud de apellidos, buscar a su hermano y, eventualmente, llegar hasta él a través de su hermano, pasando por sus hijos. Por eso siempre se resguardaba, y por eso le llamó la atención cuando, por segundo día consecutivo, vio el mismo auto estacionado cerca del colegio, con un hombre de mediana edad y lentes que observaba desde el interior.

Al tercer día, Aníbal ya estaba seguro de que se trataba de un seguimiento en su contra; lo estaban siguiendo. Lo esperaban. Pero comprendió también que no se trataba de la policía ni de un servicio de inteligencia, porque el hombre actuaba solo. Siempre estaba por su cuenta, sin apoyo ni nadie que lo cubriera. Se trataba, probablemente, de un periodista, pero debía asegurarse.

Entonces le preparó una trampa. Se expuso de forma deliberada yendo hasta su casa en la noche con el pretexto de ver a su familia, sabiendo ya que el sujeto lo vigilaba, que lo había encontrado por sus hijos, y dejó que lo siguiera por la ciudad al regreso. Dejó el auto estacionado en una calle aledaña, sabiendo que sería una gran tentación para el hombre y lo emboscó. La trampa funcionó a la perfección.

Escondido y con su arma desenfundada, Aníbal observó cómo el hombre se acercaba a su auto, pero de repente se detuvo en seco. El intruso se había caído en cuenta que se trataba de la emboscada, por lo que obligó a Aníbal a actuar rápido. Salió de su escondite y le dio un fuerte golpe en la nuca con la empuñadura del arma.

El hombre quedó inconsciente, y antes de que cayera al suelo, Aníbal lo sostuvo por las axilas y lo afirmó, mientras abría la maletera de su vehículo. Con algo de dificultad, logró meterlo en el maletero. Con la captura asegurada su captura, llamó a Daniela para que se le uniera en la base desde donde preparaban sus misiones. Tenían mucho que hacer esa noche y mucho que decidir.

De madrugada, en la base semidestruida donde se reunían —una de las varias que tenían—, Daniela llegó preocupada. Un llamado a esas horas solo podía significar problemas. Sus sospechas se confirmaron cuando al llegar vio que Aníbal había amarrado a un hombre a una silla, con los ojos vendados y amordazado. Le había puesto también unos audífonos conectados a un teléfono que reproducía música a alto volumen, tan fuerte que Daniela podía ella escucharla incluso desde la distancia.

—¿Qué rayos es todo esto? —le preguntó a su líder, preocupada.

—¿Qué crees tú? —le respondió Aníbal.

—¿Nos descubrieron? ¿Es policía?

—No sé qué es, pero estaba siguiendo a mis hijos. Quiere dar conmigo.

Aníbal solo le había contado a Daniela sobre la existencia de su familia; el resto del equipo no tenía idea. Por eso solo la había llamado a ella, además de que era su segunda al mando.

—¿Qué hacemos con él? —preguntó la joven.

—Es justamente lo que quiero que me ayudes a decidir. Primero lo vamos a interrogar.

Aníbal entonces detuvo la música, le quitó la venda, los audífonos y la capucha al hombre y este pudo ver, aterrorizado, que dos sujetos lo miraban con una escalofriante frialdad. A una la conocía por fotos. Al hombre solo lo había visto de perfil, pero intuía quién era.

—Te vamos a hacer unas preguntas simples, y de tus respuestas dependerá que salgas de aquí vivo —le dijo Aníbal, con calma.

—¡Soy periodista, soy periodista! —exclamó el sujeto, aterrorizado.

—¿Cómo te llamas? —preguntó Aníbal.

—Ramiro, Ramiro Mendoza —respondió el sujeto, sin disimular su miedo.

—¿A qué medio perteneces?

—Soy independiente, soy *freelance*.

Ramiro comprendió de inmediato que no era un buen momento para ser periodista *freelance*. Las miradas de duda de ambos sujetos dejaban claro que no le creían.

—Usualmente no doy segundas oportunidades —contestó Aníbal—, pero haré una excepción contigo. Así que te preguntaré de nuevo: ¿A quién le trabajas?

—Juro por Dios que soy independiente —insistió Ramiro, sintiendo que ahora sí que era buen momento para volverse creyente.

Daniela empezó a teclear algo en su celular y, tras unos segundos, le mostró la pantalla a Aníbal. Era la confirmación de que el asustado hombre amarrado a la silla era, en efecto, un periodista independiente que había realizado varios reportajes agudos y, en ocasiones, incómodos. Había que reconocerle la tenacidad, al menos.

Aníbal acercó una silla y la colocó frente a Ramiro. Se sentó en ella mientras Daniela se ponía detrás de él, con la mano en la empuñadura de su arma. Hubo un pequeño silencio en el que Ramiro intercambiaba miradas nerviosas con ambos.

—¿Qué buscas? —le preguntó el exmilitar.

Ramiro no se fue por las ramas, no sacaba nada con hacerlo pues estaba en la peor de las posiciones posibles; no dejaba de ser irónico que su investigación de asesinatos vengativos lo llevara a situarse en la posición de posible víctima. Y tenía mucho que ganar diciendo la verdad; su vida le era necesaria aún.

—A ustedes —respondió—, los busco a ustedes.

—¿Por qué?

—Porque sé lo que están haciendo.

—¿Y qué se supone que estamos haciendo, según tú?

Este era el momento delicado del interrogatorio, reconoció Ramiro. Decidir si revelaba todo lo que sabía, solo una parte de lo que sabía o si mentía. Era difícil decidir cuando le estaban amenazando de muerte.

Aníbal encendió una linterna y la apuntó directamente a los ojos de Ramiro, presionándolo a responder más rápido.

—Las muertes, los asesinatos —respondió el periodista.

—Hay asesinatos todos los días. Sé más específico, porque hasta ahora, creo que saldrás de aquí en una bolsa para cadáveres.

—Sé que hay asesinatos todos los días, pero no todos los días eliminan a un grupo subversivo completo o matan a un jefe criminal con una bomba adosada a su auto —volvió a responder Ramiro, entrecerrando los ojos y enceguecido por el haz de luz de la linterna.

Daniela murmuró algo que Ramiro no pudo entender, pero supo que había dado en el hueso. Eso solo podía significar una cosa: probablemente lo matarían. Se recriminó por haber sido tan estúpido.

—¿Qué te hace pensar que tenemos algo que ver con eso? —volvió a preguntar Aníbal, aunque ambos sabían que era obvio que sí tenían mucho que ver.

—¡Por favor! —exclamó Ramiro, ya convencido de que le quedaban pocas palabras—. Llevo meses buscando a quienes cometieron esos crímenes y sé que son ustedes. Todas las pistas me trajeron aquí. El solo hecho de estar en esta silla, con Daniela Ballesteros —miró directamente a Daniela—, suponiendo que es tu nombre verdadero, ¿cierto? Suponiendo que usas una chapa, detrás de ti con una pistola en la mano, me asegura que estoy en lo correcto.

—¿De qué pistas hablas?

—No son pistas físicas, de esas no dejaron, y es justamente eso es lo que me llevó hasta aquí. Los muertos que yo perseguía no tenían nada que ver entre sí, pero algo los unía: sus muertes. Eran asesinatos casi perfectos, trabajos hechos por profesionales, algo que la mafia nacional no tiene. Exmilitares con experiencia, tal como lo demostraron en el sur con la destrucción de la RIC, y tal como lo demuestran ahora interrogándome a mí en esta silla... Así que sí, eso me asegura que son ustedes. Solo me faltó descubrir cuál fue su móvil. Me faltó muy poco.

Ramiro bajó la cabeza, esperando el veredicto. Ya no tenía más que decir ni hacer.

Aníbal le puso la capucha y los audífonos de nuevo, con la música a todo volumen. Luego se levantó de la silla y se dirigió a Daniela.

—El maldito nos descubrió. Sea como sea, lo hayan ayudado o no, el hecho es que nos descubrió, y no lo podemos dejar salir de aquí con esta información —le dijo con firmeza.

—Fue una traición. O un desliz. Quizá alguno de los otros tres idiotas se fue de lenguas por ahí y este pelmazo dio con el cotorreo... o quizá fue tu amiga Catalina, que la presionaron y se está librando de nosotros. Pero tienes razón; el hecho es que, si este ya lo sabe, tal vez le dijo a alguien más, quizá está con otro periodista, o tiene algún «sapo» en las policías... No lo sé, pero creo que hasta aquí llegamos.

Aníbal guardó silencio. Todo lo que Daniela le decía podía ser cierto o podía no serlo. Estaba en un dilema de difícil solución. Lo único claro era que, con su operación filtrada, debían cancelarla. Tenía que hablar con Catalina Espinoza e informarle de lo ocurrido. Quizá lo más prudente sería traspasarle la responsabilidad a ella.

La comunicación con Catalina fue más larga de lo habitual, ya que a esa hora de la madrugada, todos dormían, incluso alguien como ella. A pesar de haberla despertado, su voz sonaba increíblemente lúcida.

—¿Qué pasó? —preguntó sin saludar.

Aníbal le explicó entonces lo que había ocurrido y esperó su determinación. Lo que más demoró fue el silencio que siguió a la explicación. Era un silencio incómodo silencio, algo que nunca sucedía al hablar con Catalina, ya que siempre parecía tener respuesta para todo. Esto era grave.

—¿Te aseguraste de que nadie más que él está en conocimiento de esta información? —preguntó finalmente.

—Sí, me aseguré. Solo él lo sabe —respondió Aníbal con firmeza.

—Entonces debes eliminarlo —fue la escueta sentencia de Catalina.

—¿Estás segura? Necesito confirmación —insistió Aníbal, consciente de que este paso los podía llevar al abismo.

—Será nuestro primer y último daño colateral. Que sea rápido.

—Comprendido —fue la última palabra de esa conversación, que sellaba la muerte de Ramiro Mendoza.

Capítulo 23

Lugar: Base de los asesinos.
Fecha: Indeterminada.
Hora: 02:45.

Le resultó incómodo tener que hacerlo solo porque se trataba de un civil sin mayor culpa que la de reportear demasiado bien. Se lo comentó a Daniela, que no estuvo de acuerdo, pero aun así tomó su arma y apuntó a la cabeza de Ramiro, quien permanecía todavía con la capucha puesta y los audífonos, ajeno a lo que ocurría.

Entonces ocurrió uno de esos eventos fortuitos que cambian para siempre la línea de un destino, en este caso, el de Ramiro. Este, preocupado por lo que estaba ocurriendo —o mejor dicho, por lo que no le estaba ocurriendo—, se lamentó en voz alta como si a alguien más le importara.

—¡¿Por qué carajos no seguí investigando a Iván Cabrera mejor?! —dijo.

Al escuchar ese nombre de los labios de Ramiro, Aníbal detuvo en seco su acción. Con rapidez le quitó la capucha a Ramiro y detuvo la música del celular.

—¿Qué dijiste? —preguntó Aníbal, mirando al hombre que estaba a punto de liquidar. Daniela observaba expectante.

—Que debería haber seguido con mi investigación a Iván Cabrera, el senador. Estaría terminando en mi casa ahora, y no aquí en esta maldita silla. Iba a hablar con su amante cuando ustedes empezaron los asesinatos. A todo esto, ¿quién sigue?

Aníbal y Daniela se miraron sorprendidos por la revelación. Con que Cabrera tenía una amante, ese era un dato que ellos no conocían. Había que admitir que el periodista tenía sus dones. Quizá, había que reconsiderar la medida de asesinarlo.

—¿Cabrera tiene una amante? —preguntó Aníbal, intrigado.

—¿Entonces es él? ¿Van por Iván Cabrera? —Ramiro creyó ver su oportunidad de escapar de ese embrollo. Sabía que su vida dependía de cómo se jugara esta carta, y tenía que hacerlo bien—. Sí, tiene una amante a la que va a ver seguido… y sin todo su personal de seguridad.

La última frase era el anzuelo que esperaba que sus captores mordieran. Su destino dependía de ello.

—Y algo me dice que ustedes no sabían este dato, ¿cierto? —continuó, apurando la respuesta de Aníbal—. Pues yo sé muy bien dónde vive la susodicha.

De nuevo se produjo un lapso de silencio tenso, de esos silencios que deciden vidas, tal como Ramiro estaba a punto de comprobarlo. Daniela permanecía impasible observando a su líder, aunque ya intuía cuál era la idea que se estaba armando en la cabeza de este.

—¿Podrías darnos la ubicación exacta de la casa donde se encuentran? —preguntó Aníbal finalmente.

—No es una buena idea —intervino Daniela de pronto—. Estaríamos insertando a un civil en esto, y tenemos órdenes de no…

—Sé cuáles son nuestras órdenes —respondió Aníbal, interrumpiéndola—, pero también sabemos que estamos estancados en este caso. Ahora se nos presenta una oportunidad única.

—Bien podría ser que este payaso nos está mintiendo para salvarse —replicó Daniela.

—¿Qué? —reaccionó Ramiro, sorprendido por esa insinuación—. No lo estoy inventando, es verdad; sé dónde el senador se encuentra con su amante. No lleva a todos sus guardaespaldas, solo a los de más confianza. Va dos veces por semana a verla…

No había mucho que perder, excepto la desobediencia de la orden dada por Catalina que decía que había que matar a Ramiro. Para Aníbal con su cabeza pragmática, ya le era fácil dilucidar el camino a seguir; se dejaría guiar por el periodista para ultimar a su blanco en ese recoveco de amor adúltero y si no era correcta la ubicación que le daba, entonces lo mataba. Pero si gracias a él cumplían el objetivo, entonces se tendrían que replantear dejarlo con vida, como premio a su ayuda.

La decisión ya la había tomado.

—Muy bien, periodista metiche, esto es lo que vamos a hacer —le dijo Aníbal a Ramiro, quien lo miraba con los ojos desorbitados.

Le explicó su plan, y Ramiro accedió dando las gracias internamente a cuanto Dios conocía y a los que no conocía y que quizá estaban por ahí en algún texto polvoriento. Daniela entornó los ojos en señal de desaprobación, pero resignada y el plan de eliminación de Iván Cabrera tomó un nuevo rumbo. Uno más decidido.

Capítulo 24

Lugar: **A las afueras de la capital, barrio alto.**
Fecha: **Indeterminada.**
Hora: **18:52.**

Con máscaras, cubiertos completamente, ojalá de negro, subfusiles como fuego de apoyo y pistolas para ejecutar la acción principal; así se imaginaba Aníbal la operación, y se lo comentaba a Daniela, mientras ella tomaba nota en su cuadernillo, asegurándose de no perder ningún detalle.

Tenían que desactivar tres cámaras de la Dirección de Tránsito que daban a la residencia de Cabrera y había que neutralizar a cuatro escoltas. Aníbal le indicó las calles para la retirada de ambos vehículos y tomaron en cuenta la cercanía del cuartel policial más próximo, aunque era probable que Cabrera tuviese contacto directo con algún oficial de alto rango en las policías o en los servicios de inteligencia, lo que aceleraría la respuesta.

Eso debía ser considerado, y Aníbal no quería estar más de tres minutos en el lugar. Era un tiempo muy corto, mucho más que en otras operaciones. Además, debían evitar un tiroteo a toda costa, ya que la zona era residencial. Los escoltas de Cabrera debían ser neutralizados en silencio y con mucha rapidez, algo que no sería fácil.

En el asiento trasero, Ramiro permanecía en silencio, observando el actuar de aquellos sujetos, ya que no lo habían dejado regresar a su casa en todo ese tiempo. Nunca había presenciado algo semejante, ni sido testigo de algo tan peculiar. Como nadie lo esperaba en casa, su ausencia había pasado completamente desapercibida. Aquel grupo de expertos operaba como una unidad militar: hasta el momento, no había escuchado a ninguno reprochar las órdenes que Aníbal Requena impartía.

Solo Daniela Ballesteros hacía algún reclamo de vez en cuando, pero jamás desobedecía. Casi siempre actuaban en silencio, hablando solo lo estrictamente necesario. Con el paso del tiempo, Ramiro se fue adaptando a esa rutina. Poco a poco, él mismo empezó a hablar menos, y las pocas preguntas que se atrevía a hacer quedaban flotando en el aire, sin respuesta.

En todo ese tiempo Aníbal no le había quitado el ojo de encima, había permanecido con él a cada momento, viviendo en esa guarida. Ramiro notó que el enigmático hombre nunca hablaba por teléfono en línea abierta, sino que se comunicaba a través de mensajes de texto de una aplicación de redes sociales con cifrado especial. Todo se manejaba con un secretismo absoluto y con una discreción mayor que la que podía demostrar cualquier unidad militar especial podría demostrar. Mucho más, en realidad.

Pero Ramiro sospechaba, con una seguridad creciente, que Aníbal Requena no actuaba por decisión propia. Era evidente que obedecía órdenes de alguien más, alguien cuya identidad permanecía en secreto. Quizá ni siquiera él lo conociera en persona. Y un secretismo tan extremo solo podía significar una cosa: ese misterioso de órdenes de muerte era alguien que no deseaba bajo ningún concepto que se conociera su identidad.

Regresaron a la base con rapidez, listos para comenzar a trazar el próximo plan de acción. Una vez dentro, Ramiro fue liberado de la capucha que, de manera ritual, siempre le colocaban antes de sacarlo para acompañarlos en esas misiones de vigilancia y observación del objetivo. Aquella vez, sin embargo, hubo algo diferente: Aníbal Requena se dirigió a él directamente, rompiendo su habitual silencio frío y distante.

—Bien, periodista, demostraste tener razón —dijo Aníbal—. Ahora esto está por finalizar, y entonces veremos qué hacemos contigo.

—Pero yo ayudé a que ustedes cumplan su... objetivo —reprochó Ramiro—. Deberían dejarme ir.

—No estás en condiciones de pedir nada —intervino Daniela, con su habitual virulencia—. Cada segundo que respiras es un regalo extraordinario.

—No me pueden tenerme aquí para siempre. En algún momento deberán decidir dejarme ir —insistió Ramiro.

—Ese momento llegará cuando terminemos esta operación. De momento, te quedarás aquí con nosotros —sentenció Aníbal.

Pero Aníbal más que nada lo hacía para mantener tranquila a Daniela y al resto de su equipo, porque si de él dependiera, ya lo habría liberado. Y era muy probable que la aventura justiciera también estuviera llegando a su fin. Como buen líder que era, sentía ya que no estaba siendo viable seguir con ese juego.

Si un periodista había dado con ellos, era probable que las policías también lo hicieran en un futuro próximo o que lo hiciera alguno de los servicios de inteligencia. Retirarse entonces ya sería tarde. Por lo que decidió que ese sería su último trabajo, se lo comentaría a su equipo primero una vez eliminado Iván Cabrera y luego se lo informaría a Catalina Espinoza. El resto de los objetivos que tenía en esa carpeta maltratada ya, tendrían que pasar a ser objetivos en espera hasta que Catalina se hiciera con un nuevo equipo de asesinos. Y si es que eso sucedía.

El equipo se reunió en torno a una mesa larga y rectangular en el centro de la estancia. Ramiro, apartado y vigilado, pudo observar cómo ultimaban los detalles de la operación. Fijaron el día y la hora para la acción, usando códigos para que él no pudiese entenderlos, y se repartieron las tareas: quién neutralizaría a los escoltas, quién desactivaría las cámaras, y quién eliminaría a Iván Cabrera. Anticiparon posibles resistencias y planearon contramedidas en caso de imprevistos. El plan debía llevarse a cabo contra todo pronóstico el día fijado, costara lo que costara.

Terminada la reunión táctica, Aníbal los despidió para que se prepararan. Todas esas operaciones requerían un período no muy largo de tiempo en el que el operador se debía mentalizar, concentrar. Tal como los deportistas de alto rendimiento, había un período de concentración en el que debían llegar a su mejor nivel mental. Y Aníbal pensaba que esta misión en específico sí que les demandaría mucha concentración.

Ramiro, por su parte, permaneció encerrado y bajo la vigilancia directa de Aníbal, mientras el resto del equipo descansaba. El incómodo silencio entre ambos era insoportable para el periodista, mucho más frustrante que el propio encierro mismo.

—¿Cuándo irán por él? —preguntó Ramiro, intentando romper el incómodo silencio.

No obtuvo respuesta alguna. Aníbal continuaba dándole mantenimiento a una carabina.

—Por favor, esto es un suplicio —insistió Ramiro, que, con el tiempo, empezaba a perder el miedo hacia el grupo. Aunque sabía que eran asesinos, ya no creía que lo matarían.

Nada. Aníbal permanecía imperturbable, como una máquina sin emociones que lo distrajeran de su tarea.

—¿Cómo fue que te convencieron de participar en esto? —volvió a la carga Ramiro, aunque fuese solo para escuchar su voz y no volverse loco—. Porque pareciera ser que no es solo por dinero, debe haber alguna convicción en estos ideales justicieros.

Ahí pareció que Ramiro tocó cierta fibra sensible, puesto que el líder inescrutable lo miró con sus fríos ojos sin emoción.

—¿Si hay una convicción justiciera, entonces? —preguntó Ramiro.

—¿Por qué rayos no te callas? —le respondió Aníbal, que adoraba el silencio.

—Porque estar aquí es una mierda. Ya es un delito grave que me tengan secuestrado.

—No vas a tener la oportunidad de hablar.

Aquella frase le puso los pelos de punta a Ramiro, le recordó que esas personas no serían sus amigos, que la situación en la que estaba no era un juego y que la posibilidad de que terminara muerto, después de todo, aún estaba muy presente.

—Pero yo no estoy en su lista de blancos —insistió el periodista.

—Puede que te agregue si no te callas de una vez. Hasta donde sé, nadie te va a extrañar, casi pasarás desapercibido; yo hice mi tarea contigo también en estos días. No eres muy estimado en el círculo de periodistas.

—Eso es por envidia, yo no me he vendido nunca a los periódicos que sí se vendieron al sistema.

Aníbal terminó de armar la carabina después de lubricarla y la dejó encima de la mesa en la que trabajaba. Luego se giró hacia Ramiro. El insoportable periodista no se callaría, así que prosiguió.

—Estás en contra del mismo sistema que te permitió estudiar, vivir, comprar las porquerías que compras, etc. Siempre dicen eso todos los «luchadores contra el sistema», pero los payasos escriben todas sus mierdas desde teléfonos ultramodernos que han sido posibles gracias a ese mismo «sistema» que quieren derrocar... idiotas. Supieran lo que es vivir desconectado, apartados del sistema, tal como lo hacen millones de pobres que tienen un buen día cuando pueden beber agua limpia.

—¿Entonces se trata de eso? Aunque ciertamente todos los que ustedes han asesinado están muy lejos de ese ideal.

—Me refiero a ti; te describes como víctima de tus compañeros, supuestamente «vendidos», pero yo creo más bien que eres un resentido, alguien que quiere ir contra la corriente para hacerse notar. Eso no necesariamente te hace un mejor periodista. Busqué algunos de tus artículos y esos que vi siempre están llenos de críticas, principalmente contra los militares. Entonces averigüé que tu padre fue asesinado por la dictadura.

—No tienes idea de quién soy yo, no tienes idea de lo que le sucedió a mi padre. Eres un imbécil si crees que leyendo un par de mis artículos te puedes hacer una idea de cómo es mi vida... ¡Llevo años en esto, maldito! He vivido y presenciado las carencias y las injusticias, y mucho de eso tiene que ver con el gasto sin sentido en defensa de todos los estados.

—Sí, eso también ya lo he escuchado; que el gasto en fuerzas armadas debería desaparecer y bla bla bla… ¿Y por qué no mejor hacemos desaparecer a los políticos corruptos que se roban todo lo que se pueden robar…?

—¡Por favor! Los altos mandos de las fuerzas armadas y las policías aquí en este país han institucionalizado el robo tanto como los políticos. Tus generales, los mismos ante los cuales te debías cuadrar cuando eran coroneles, se robaban los presupuestos mientras tú estabas en una campaña de entrenamiento con un montón de conscriptos hediondos por los días sin bañarse.

Aníbal no pudo evitar reírse, de verdad. El comentario le causó gracia, y esa risa se la contagió a Ramiro. Ambos terminaron riendo a carcajadas, creando una surrealista escena en la que el secuestrador y el secuestrado se convertían, por un momento, en cómplices de una situación impensada. Una imagen que podría haberse sacado del síndrome de Estocolmo.

Después de unos minutos en los que se recuperaron de la risa, Ramiro volvió a hablar, ahora con más calma.

—En serio, ¿por qué lo hacen?

Aníbal lo miró directo a los ojos. Sabía que no podría matar a ese hombre, ni aunque tuviera que hacerlo por necesidad. Ya no podía.

—Porque, en parte, tienes razón —respondió—. Tiene que haber una convicción para hacer algo así, no es solo es por dinero. Muchas cosas están mal y no parece que vaya a haber ningún cambio. Y una de las principales, una de las que más afecta a la gente común, es la justicia. La impartición de justicia. Eso no lo hacemos bien aquí en este país desde hace mucho tiempo.

»Es probable que estos asesinatos en sí no provoquen un cambio sustancial de la noche a la mañana, pero al menos todos esos desgraciados ya no podrán seguir burlándose de la gente a la que le hicieron daño. Porque, al final, la falta de justicia verdadera; agrava el daño de las víctimas.

»No soy religioso, pero sé, y asumo, que nos estamos saltando una norma social fundamental; nadie tiene el derecho de quitar otra vida. Pero, a veces, saltarse esas normas por un bien mayor, para mí, es aceptable, por muy inmoral que sea.

—Tengo que reconocer que concuerdo en eso, ¿quién no lo haría en todo caso. Al menos si lo vemos desde el punto de vista de la gente común? —respondió Ramiro—. Pero hay algo que se te escapa en esa lógica.

—Probablemente, pero no es mi tarea ser filósofo.

—Al hacer las cosas así, evitamos que el Estado haga su trabajo, que lo mejore si lo está haciendo mal, que reconozca sus errores. Si hacemos nuestra propia justicia con la Ley del Talión, entonces el concepto mismo de Estado pierde su fuerza. Y ese sería el primer paso para que esa institución desaparezca con el tiempo.

—Quizá, pero eso le dejaría el puesto a algo mejor.

—O peor, dependiendo de las circunstancias. Aun así, ese cambio sería después de un período de mucho caos y sangre.

—Bueno, los cambios son así. En cualquier caso, dejar que esos bastardos se sigan saliéndose con la suya es más inmoral que matarlos.

—¿Quién les paga? —preguntó de improviso Ramiro, esperando que su interlocutor estuviera desprevenido.

—No tengo idea —respondió Aníbal, evadiendo responder con la verdad.

—Debe ser alguien con muchos recursos o, al menos, alguien muy bien ubicado, ¿verdad?

Aníbal solo sonrió. Por supuesto, no le respondería.

—Oye, si voy a seguir aquí unos días más, por lo que veo, al menos tráiganme algo decente para comer. Ya me cansé de las hamburguesas y las pizzas.

—Sí, espérame un momento… te voy a buscar un churrasco. Te lo traigo con una bebida *light*.

Capítulo 25

Lugar: Centro de la capital.
Fecha: Indeterminada.
Hora: 16:24.

Cuando uno camina más de tres cuadras, visitando tiendas y deteniéndose cada cierto tiempo, sin ir muy rápido, y aun así sigue topándose con el mismo par de sujetos, es evidente que hay una operación de seguimiento en curso sobre la persona. Eso se lo había enseñado el director de la «Oficina» a Catalina en una cena de premiación hacía unos años. Al menos, ella lo había escuchado mientras se lo decía a varios de los presentes en esa reunión.

El hombre y la mujer que la seguían a ella no los reconoció como miembros de algún organismo de inteligencia de los que contaba el Estado, pero iban bien vestidos, lo cual los descartaba como para ser miembros de una organización criminal común. Mientras intentaba aparentar normalidad y que no se había dado cuenta del seguimiento, Catalina empezó a elucubrar las circunstancias por las cuales la estaban siguiendo. Ella era alguien invisible, alguien a quien nadie conocía, excepto el Presidente mismo. Hasta a los miembros del Senado les costaba trabajo identificarla, por lo tanto, no podía llegar al meollo del asunto.

Lo único claro era que quien la había «encargado» sabía a ciencia cierta de quién se trataba y era muy probable que se debiera a la operación que ella y sus asesinos estaban ejecutando. Quizá alguno de ellos la había delatado. Después de todo, ya se les había inmiscuido un periodista al que tenían retenido (y al que ella había ordenado eliminar, pero cuya orden sus operadores no habían cumplido), lo que significaba que el plan ya se había filtrado.

Se comunicó por mensajería cifrada con Aníbal para preguntarle por el estatus de su equipo, y le respondió que todo estaba «ok». Sintió deseos de pedirle ayuda; después de todo, ese hombre era su mejor opción de resguardo en caso de que las cosas se pusieran feas. Sin embargo, desistió de momento, a la espera de ver qué sucedía más adelante.

Por lo pronto, continuó dando vueltas por el centro, rodeada de gente, y sin pensar en irse a su casa hasta deshacerse de sus seguidores. Por ningún motivo se arriesgaría a quedar sola frente a ellos. Sin escolta gubernamental, como la que sí tenía su jefe directo, Catalina estaba sola, y sola debía arreglárselas para salir de la trampa. Estaba asustada, lo admitió, pero no por lo que pudiese pasarle, sino por las implicancias del hecho mismo de que la estuviesen siguiendo a ella.

¿Había micrófonos ocultos en la oficina del Presidente? ¿La operación era contra él, más que contra ella? ¿Los militares o las policías los tenían bajo vigilancia? Lo terrible era que alguien se le había adelantado, que alguien había visto más allá que ella, y eso ya era difícil de aceptar.

Entonces, mientras estaba dando vueltas por un *mall* chino, mirando baratijas y observando cómo sus vigilantes se mantenían a una distancia prudencial, Catalina comenzó a hacer cálculos. Llegó a la conclusión de que su equipo estaba en la operación contra Iván Cabrera, y fue precisamente en ese punto cuando habían empezado los problemas comenzaron. Fue en el inicio de esa operación que apareció el periodista. Ese había sido el momento en que su plan empezó a fracturarse

O quizá no.

Porque Iván Cabrera no tenía forma de saber que algo malo se le avecinaba, no al menos no lo que ella y su equipo le tenían preparado. Las circunstancias habían confluido con un cambio de actitud de su jefe. Los reclamos del Presidente hacia ella habían aumentado en los últimos tiempos; el tipo quería ver resultados más visibles, más tangibles, algo que pudiera vender al público como un éxito. Catalina le había explicado en repetidas ocasiones que esos resultados tomarían su tiempo, se lo había dicho muchas veces.

Pero el Presidente necesitaba con desesperación respaldo público. Las encuestas y esas encuestas aun lo mostraban muy abajo en la opinión pública, y eso lo inquietaba. También se había mostrado reticente con respecto a eliminar a Iván Cabrera, incluso cuando Catalina le había planteado que su muerte podría disfrazarse como un ajuste de cuentas entre él y una facción rival del tráfico de drogas. Así, Cabrera no sería visto como una víctima del crimen, sino como parte del problema.

Ella se lo había explicado, pero el Presidente era un hombre de poca paciencia y de escasa visión a largo plazo.

Y había otro problema: el Presidente no podía deshacerse de Catalina como si fuera cualquier otro de sus asesores. Ella tenía muchísima información privada sobre él, y ambos sabían que gran parte de su relación se sostenía por el peso que esa información privada ejercía en la balanza.

Para deshacerse de ella, el Presidente no podía simplemente despedirla, tenía que matarla. Y para matarla, no podía recurrir a los organismos de seguridad oficiales; tendría que recurrir a otros proveedores de esos servicios.

Entonces, Catalina recordó que Iván Cabrera, que aunque era de derecha, era también político, como el Presidente. Y los políticos se hacían favores entre sí, favores que no se mostraban a la opinión pública, aun cuando fueran de bandos opuestos. El cinismo propio de esa casta despreciable casta de personas, pensó Catalina.

Salió del *mall* chino y caminó con rapidez entre la gente que seguía inundando la avenida a esa hora de la tarde, sin poder perder a los villanos, que ya sin ninguna duda iban por ella. Eran sujetos con conocimientos, aunque dudaba que fuesen nacionales. Posiblemente no la estaban siguiendo solo para intimidarla. Entonces Catalina cayó en la cuenta de otro detalle que aumentaba sus suspicacias; el Presidente no la había molestado desde hacía un par de horas, cuando lo normal era que el sujeto le mandara mensajes cada cinco minutos.

El mismo par de horas que llevaba siendo seguida.

Recordó el día hasta ese momento, repasando cada detalle para asegurarse de que nada se le hubiera pasado por alto. Había llegado temprano a la Casa de la Presidencia, incluso antes que el Presidente, pero eso era lo habitual. Cuando el Presidente llegó, desayunó mientras ella le ponía al tanto de los pormenores de su trabajo. Todo parecía normal hasta entonces.

Después, continuó con sus labores, y estaba por completo segura de que el Presidente no se reunió con nadie del círculo de Iván Cabrera. Poco antes de las catorce horas, almorzaron juntos. Fue un almuerzo rápido, ligero, durante el cual hablaron de banalidades antes de despedirse. Tenían planeado reunirse por la tarde para evaluar el resultado de la ejecución de Cabrera. No había detalles, ningún indicio que le hubiese hecho sospechar. Nadie que le llamara la atención había ingresado a la Casa de la Presidencia. Nada. Sin embargo, era posible que el destino ya hubiera quedado sellado días antes.

Solo había una manera de disipar su duda. Catalina sacó su teléfono celular, el que usaba para su trabajo regular, no el asignado para sus actividades secretas, y desde allí marcó el número del Presidente.

No hubo respuesta.

Marcó de nuevo. Bien podría ser que el pelmazo lo hubiese dejado en el baño, como le ocurría a veces.

Dos veces, tres veces. Nada, sin respuesta.

Catalina Espinoza supo entonces que la iban a matar.

Capítulo 26

Lugar: Base de operaciones de los asesinos.
Fecha: Mismo día del seguimiento de Catalina Espinoza.
Hora: 21:00.

Listos y equipados, el grupo subió a los vehículos y salió de su guarida, dejando a Ramiro encerrado como si fuera la mascota que se queda en casa cuando sus dueños salen a trabajar por la mañana. Aníbal Requena iba en el primer vehículo junto con Daniela Ballesteros, y en el segundo auto iban los otros tres miembros del equipo.

Estaban decididos a completar la última fase de la operación: la eliminación efectiva de Iván Cabrera en la casa de su amante. Las otras fases ya se habían realizado: desactivación de cámaras viales, vigilancia del objetivo, preparación de las armas y equipo, revisión del plan, revisión de las vías de escape y del plan de contingencia, etc.

En silencio radial absoluto, el equipo completo llegó a los puntos donde la acción daría inicio. El nerviosismo de Aníbal no era evidente para su equipo, pero si para él lo sentía profundamente; algo le decía que no deberían haber salido ese día. Se lo atribuyó a que esta sería su última acción al mando del grupo, tal como ya lo había decidido, y trató de enfocarse en el presente, ese presente que necesitaba toda su atención.

El exmiembro del DAPE confirmó con una seña que el auto de Cabrera estaba estacionado al frente a la casa, lo que indicaba que el hombre estaba ahí. También había dos autos más: los de los escoltas. Aníbal entonces, tal como ya lo habían planeado, dio la luz verde para iniciar. Él mismo avanzó primero, cubierto por Daniela, mientras otros dos cubrían, y el tercero vigilaba desde afuera, alerta y listo para actuar como apoyo si era necesario, lo cual parecía cada vez más probable que sucediera.

Al ingresar a la casa, Aníbal notó de inmediato que algo andaba mal. Lo hicieron en silencio absoluto, pero no había ningún escolta. Los otros dos que entraron tampoco encontraron resistencia.

Dos habitaciones desprotegidas, una de ellas justo en la entrada. Afuera, dos vehículos grandes estaban estacionados, lo suficientemente espaciosos como para transportar a ocho hombres, pero no había rastro alguno de ellos. Además, estaba el auto de Cabrera, con un par de hombres que lo acompañaban habitualmente. Diez hombres en total, y ninguno daba señales de estar allí.

En esa fracción de segundo, el líder debe tomar una decisión rápida y precisa. No hay tiempo para dudas ni deliberaciones. El juicio sobre si fue la decisión correcta o no vendrá después; en ese momento, lo único que importa es decidir.

Aníbal tenía dos opciones: avanzar o retroceder. Optó por avanzar.

Dio el visto bueno, y continuaron registrando la casa. Siguieron buscando, pero no encontraron nada, a pesar de que las luces de todo el recinto estaban encendidas. Esa anomalía fue suficiente para confirmar sus sospechas: ya no era solo un mal augurio. Estaba claro que estaban cayendo en una trampa.

El corazón le latió con fuerza, y mil pensamientos cruzaron por su mente entrenada. Quiso saber cómo los habían descubierto, quién los había traicionado, cómo saldrían de allí, si sobreviviría o no... Todo un torbellino de imágenes producto de la adrenalina. Con un suspiro profundo, disipó esos pensamientos y habló por radio a los suyos.

—Retirada.

Ordenadamente, comenzaron a retroceder, pero con rapidez, conscientes de que ya habían sido identificados. Le quitaron el seguro a sus armas, y Aníbal, mentalmente, hizo un recuento del equipo que portaba: el subfusil con tres cargadores, la pistola con tres cargadores más. Cada miembro de su equipo estaba igual de armado. Habría que evitar el enfrentamiento tanto como fuera posible. En los vehículos tenían más armas, pero lo primero sería llegar a ellos primero.

Eso, si es que la policía no los rodeaba antes.

Al salir al exterior de la casa, todo se desmoronó.

Nada más poner un pie fuera, en el antejardín que parecía un pequeño parque, surgieron seis sujetos con armas largas y equipo táctico que los rociaron con balas con sendas ráfagas.

—¡Contacto al frente, respondan el fuego, formación de combate! —gritó Aníbal.

Los atacantes avanzaron sin cesar, disparando sin tregua mientras Aníbal abría fuego, seguido de Daniela. No podían quedarse ahí enfrentándolos; salir de esa ratonera era el único camino, y su equipo lo sabía bien. Con la mayor tranquilidad posible, dispararon para abatir a un par de atacantes y abrir una brecha para escapar, pero solo lograron derribar a uno. Mientras tanto, el ruido del tiroteo alertaba a los vecinos, quienes encendían luces, se asomaban a las ventanas con teléfonos celulares en la mano y comenzaban a grabar; el caos perfecto.

El hombre que había quedado en la retaguardia acudió a cubrirlos y, armado con un fusil, dio el soporte de fuego necesario. Con uno de los emboscadores de Cabrera abatido, los demás evitaron el fuego directo e hicieron una pausa, que el equipo de Aníbal aprovechó de inmediato para correr hacia los autos, de forma ordenada, cubriéndose a cada paso con fuego de cobertura, tal como habían aprendido en sus años de servicio activo en sus respectivas instituciones.

Pero solo tres lograron llegar a los autos. Aníbal llegó sin un rasguño, empapado de sudor, al igual que Daniela. Uno de los exmilitares había quedado atrás. Aníbal miró a su compañero para preguntarle, pero el hombre negó con la cabeza, indicando que estaba muerto.

—¿Estás seguro? —preguntó el líder.

—Confirmado. Dos tiros en la cabeza.

—¡Mierda!

Salieron raudos, pero igual los autos sufrieron un par de impactos de bala que les volaron algunos vidrios. Y era nefasto eso; vehículos fáciles de reconocer. La expresión de rabia de Aníbal no era porque extrañaría a su subordinado, puesto que casi nunca habían hablado más que de las misiones; era porque habían dejado un hilo detrás. Se llevarían su cuerpo, lo identificarían y entonces empezarían a estrecharles el círculo de hierro.

Se escabulleron por la ruta determinada para el escape, pero no se podían ir a la base de operaciones puesto que los seguían. Era un desastre completo. Aníbal miró a Daniela, que recargaba su arma y miraba hacia atrás, confirmando que los estaban siguiendo y se dio cuenta que tendría que tomar varias decisiones difíciles esa noche.

—¿Qué mierda pasó? —preguntó Daniela, sin dejar de mirar a sus perseguidores—. ¿Qué fue todo esto? ¿Cómo sabían? ¿Quién nos traicionó?

—No tengo manera de saberlo, Daniela. Tengo las mismas preguntas. Por ahora, salgamos vivos de esto.

—Escucho sirenas. La policía.

Era cierto, ya se escuchaban las sirenas de las primeras patrullas que iban en dirección al lugar de los hechos. En pocos minutos, todas las unidades policiales de la ciudad estarían tras ellos.

Mientras conducía, Aníbal miró su teléfono. Quería saber si había algún indicio de la traición, que en ese momento él pensó que provenía de Catalina, pero un mensaje suyo decía que el desastre había sido advertido por ella hacía rato ya: «Me están siguiendo, operación comprometida».

Eso había sido en la tarde, Aníbal no lo había visto puesto que tenían por norma él y Catalina no mensajearse hasta que el mismo Aníbal confirmaba el cumplimiento de la misión, y por lo tanto no miraba el teléfono hasta ese momento. Ahora el teléfono mostraba que estaba desconectada.

—Alguien más nos entregó, no fue Catalina —dijo Aníbal.

—¡Carajo!

—Nosotros solo somos un eslabón de esto, yo no tengo conocimiento de cuántas personas más lo sabían, eso era asunto de Catalina.

—Ahora es asunto nuestro; nos quieren asesinar.

—Ya cálmate, hay que hacer esto bien.

Las decisiones difíciles había que empezar a tomarlas ya; la policía se les acercaría tarde o temprano y probablemente eso haría que los mercenarios que los habían sorprendido dejaran de seguirlos. Había que decidir entonces si era mejor enfrentarse a la policía, escapar a como fuera lugar y enfrentarse a los mercenarios antes del contacto con la policía.

Escapar sería imposible ya. Con la balacera producida hacía ya varios minutos, todos los cuerpos policiales de la ciudad estaban en alerta, las salidas estarían vigiladas y decenas de patrullas buscándolos. Enfrentarse a los mercenarios era una opción, pero sin duda quedarían comprometidos. El siguiente obstáculo seguía siendo la policía, y el reto era esquivarla.

En las fuerzas armadas, siempre le habían enseñado que en cualquier situación había una salida; algunas costaban más que otras, pero siempre existía una salida. El problema ahora era que Aníbal no lograba encontrarla.

—¡Aún nos siguen, espero órdenes! —gritó Daniela, justo antes de que dos impactos golpearan la luneta trasera del auto.

—Responde el fuego, el motor, apunta al motor.

Daniela se pasó al asiento trasero y apuntó su fusil. Con un par de ráfagas, devolvió el fuego enemigo, en plena calle, aún con más vehículos circulando. Los mercenarios de Cabrera eran buenos; un par de ellos se asomaron por las ventanillas y volvieron a disparar, impactando de nuevo en su auto, pero sin alcanzarlos. Daniela entonces corrigió su blanco y haciendo puntería y disparó directamente al conductor, acribillándolo con una ráfaga.

El auto que los seguía entonces perdió el control y se estrelló en un paradero.

Era el primer respiro en aquella desastrosa noche.

Aníbal se comunicó con el otro vehículo, y ellos avisaron que estaban bien, pero iban seguidos por la policía. Aquello marcaba el inicio del fin; sería muy difícil perderlos y escapar.

A lo lejos, Aníbal también escuchó a lo lejos las sirenas de una patrulla que los había detectado. Estaban acorralados.

—Tenemos que decidir qué hacer. No podremos conducir toda la noche, nos cazarán —le dijo a Daniela.

—No puedo entregarme —respondió esta, aún excitada mientras cambiaba el cargador de su arma.

—Quizá tengamos posibilidades si dejamos este auto, robamos otro y rompemos el cerco policial.

—Eso significa…

—Eso significa al menos un enfrentamiento con ellos. Sé que los superamos en armas y entrenamiento. Si nos hacemos fuertes en un punto estratégico, quizá podamos sobrepasarlos, nos reunimos con los otros dos. Hicimos algo parecido en Ucrania y logramos salir…

—Sí, pero los malditos conscriptos rusos no son los húsares. A estas alturas, lo más probable es que, donde nos detengamos, lleguen los del DAPE, y esa será otra historia.

—Por eso, hay que acabarlos con rapidez, antes de que llegue el DAPE. Si vencemos a los patrulleros, salimos a pie y nos hacemos con un auto «limpio». En cualquier caso, no se me ocurre nada más.

—¿Y tu contacto?

—No está activa; si nos emboscaron a nosotros, lo más probable es que a ella también. Quizá esté muerta incluso.

—¡Mierda!

—Sí, lo sé. Pero no veo otra. Lo lamento, Daniela.

—Muy bien, hagámoslo —decidió Daniela.

Aníbal se comunicó con los otros dos, escogieron un punto de encuentro y aceleraron. Ambos vehículos llegarían al mismo tiempo. Designaron las posiciones donde se cubrirían, recargaron las armas y suspiraron. Estaban a punto de protagonizar uno de los hechos más violentos desde que el país había vuelto a la democracia. Nunca nadie se había enfrentado en posición de combate a los húsares, ni siquiera los narcotraficantes; aunque habían existido balaceras, nunca un combate como tal como el que estaban dispuestos a enfrentar esos cuatro sujetos.

Durante esos minutos en el auto, Aníbal no pudo evitar pensar en sus hijos. Estaba seguro de que nunca volvería a verlos.

Capítulo 27

Lugar: Centro de la capital.
Fecha: Día de la balacera en la capital.
Hora: 21:32.

Las noticias aún eran escasas y confusas, y la verdad es que Catalina les prestaba poca atención; tenía problemas más acuciantes en esos momentos. Había recorrido casi todos los bares, pocilgas y restaurantes de la zona, haciendo tiempo, manteniéndose cerca de gente para evitar que la mataran.

Sin embargo, los dos sujetos que la seguían clavados en su espalda, y ella presintió que con toda esa ebullición por lo que estaba sucediendo, se harían el espacio para liquidarla, asique Catalina decidió que esa sería su última parada antes de su intento de escape final.

Quizá ella era la única que sabía quiénes eran los protagonistas de la persecución con fuego incluido que se producía en ese momento por la ciudad: su equipo de asesinos, que probablemente había sido traicionado de la misma manera en la que había sido traicionada ella. Ahora, como los soldados que eran, se abrirían paso a balazos para salvarse, una capacidad que ella no poseía.

Sin nada claro, los programas habituales habían sido detenidos y las transmisiones de todos los canales mostraban ahora despachos en directo desde una casa de un barrio alto donde se había producido la primera balacera; se hablaba de bandas de narcotraficantes, ajustes de cuentas, dos muertos, nada claro.

Pero entonces salió a la luz un dato clave: uno de los muertos era un exmiembro del DAPE con una hoja de servicios impecable. Las preguntas empezarían a girar en torno a ese nombre, y los medios pronto buscarían el motivo por el cual aquel exoficial ejemplar de la policía había muerto en ese tiroteo.

Y, más aún, de dónde había sacado el equipo táctico con el que lo habían encontrado.

Catalina terminó de tomarse el café y pidió la cuenta. Había estado toda la tarde dando vueltas porque no tenía a dónde ir; su casa estaría muy seguramente estaría rodeada de asesinos de Cabrera o del Presidente, a estas alturas no lo tenía claro. Tampoco podía acudir a los lugares que solía frecuentar, ya que estarían vigilados. La verdad, y aunque le dolía admitirlo, había pecado de no tener un plan de respaldo bien definido en caso de que algo saliera mal.

Tenía un pasaporte extranjero, documentación con identidad falsa y una cuenta en un paraíso fiscal como parte de su retiro en caso de que su equipo fuera descubierto. Pero nunca pensó que ella misma podría ser víctima de un intento de asesinato. Ese fue su error fatal.

Cuando salió del bar y el aire de la ciudad, impregnado de olores a frituras, contaminación y peligro para ella, la golpeó en la cara, recibió una llamada de un número desconocido.

—¿Quién habla? —preguntó, con el corazón latiéndole a mil.

—Soy el senador Iván Cabrera, maldita mujer —respondió la voz al otro lado, una voz que conocía muy bien. Era, efectivamente, ese hombre.

—¿Quién mierda le dio mi número?

—Me dijeron que eras inteligente, ya deberías saber quién. Lo importante ahora, en todo caso, es saber si quieres salir viva de todo esto o no.

Catalina no respondió de inmediato, mientras su sentido común intentaba dilucidar quién le había dado el número, que podrían pedirle a cambio de su vida, quien la había traicionado... muchas preguntas que estaban en el aire para alguien acostumbrada a controlarlo todo.

—¿Sigues ahí?

—Sí, ¿qué quiere?

—Un par de cosas solamente; la primera es que te entregues a mis dos socios, los que te han estado siguiendo toda la tarde y que, francamente, ya están hartos de hacerlo. La otra es que le des la orden de detenerse y entregarse a tu grupo de mercenarios. Ya has remecido la tranquilidad de este país demasiado.

«Has remecido la tranquilidad de este país». Esa frase le provocó un profundo odio, y eso que Catalina no era poco dada a tener ese tipo de sentimientos. Quiso responderle con una sarta de improperios al maldito desfachatado que osaba decirle eso cuando él mismo lideraba un cártel mafioso. Pero no estaba en la posición estratégica para hacerlo, así que se tragó su orgullo y respondió con la voz más tranquila posible, intentando simular control.

—Con respecto a lo primero, la verdad es que no tengo garantías de que mi integridad física se mantendrá a salvo, así que no me emociona la idea de entregarme a sus... socios. Y en cuanto a lo segundo, bueno, al equipo puedo darles la orden de que se entreguen, pero hasta alguien como usted se dará cuenta de lo estúpido que sería eso. No hay nada que asegure que tendrán un juicio justo, o que lleguen al juicio siquiera. Es poco probable que me obedezcan.

—Bueno, creo que no estás entendiendo el contexto de la situación en la que te metiste. Si no estás muerta hasta ahora es solo porque yo no he dado la orden de que te maten. Así que, cada respiro que has dado hoy ha sido gracias a mí. Considerando esto mismo, tendrás que hacer lo posible para que tus malditos asesinos dejen de huir, se entreguen y esperen ese juicio justo como al que te refieres. Eso ya es mucho, considerando que ellos no le dieron un juicio justo a ninguno de los que han matado. Así que empieza por entregarte a mis muchachos, y una vez que estés con ellos, llama a tu equipo y ordénales que dejen de huir.

Mientras el senador terminaba de hablar, los dos sujetos que trabajaban para Cabrera se acercaron a Catalina y se situaron a su lado, dejándola sin posibilidad de escapar. El juego para ella se había terminado. Su única oportunidad radicaba en cómo se jugara las cartas que representaban Aníbal y lo que quedaba de su equipo.

Disimuladamente, los sujetos la tomaron por los brazos y la arrastraron por la calle un par de cuadras hasta un auto estacionado en la orilla, cerca de un banco cerrado a esa hora. A pesar de la gente que aún circulaba por el lugar, Catalina tuvo el impulso de gritar para llamar la atención y provocar un alboroto que le permitiera escapar. Sin embargo, sabía muy bien que eso no detendría a ese par de asesinos; le dispararían por la espalda sin titubear, sin importarles si otros civiles resultaban afectados.

Conocía sus antecedentes: esos tipos actuaban de manera implacable, especialmente la mujer. Recordó la carpeta con información que había recopilado sobre ella y otros asesinos cercanos a Iván Cabrera; aquella mujer era, sin duda, la más feroz. Resignada, Catalina se dejó guiar hasta el interior del vehículo de alta gama, que cerró sus puertas automáticamente, sellándola en el oscuro mundo de hombres como Iván Cabrera… y, al parecer, el Presidente también.

Aparte de los dos matones, Catalina notó que también había un conductor, quien seguramente había permanecido en el vehículo durante todas esas horas. Acostumbrada a observar y tomar nota mental de los detalles, pudo comprobar que esa gente estaba un par de escalones por encima de los miembros de las bandas de criminales comunes que pululaban por la ciudad. Su forma de actuar, la vestimenta y el equipo que usaban indicaban que ellos eran profesionales, muy probablemente a la par de los suyos.

Se movieron por unos minutos en un silencio sepulcral que inquietaba, mientras las calles seguían inundadas por el sonido de sirenas. Los tres matones de Cabrera no se hablaban entre sí, y tras unos minutos tensos, el hombre que la había seguido junto a la mujer toda la tarde, sacó de entre su chaqueta de cuero —en la que se vislumbraba una pistola oculta— un teléfono celular barato, desechable, y se lo entregó a Catalina.

En el teléfono ya había un número marcado.

—Llame ahora a su gente, ordéneles que se detengan en esta dirección —el hombre le mostró una dirección en su propio teléfono—, y luego llame a ese número. Solo marque, no hable.

Catalina no entendía la parafernalia solo para traicionar a los suyos; tomó el teléfono y, rápidamente, decidió jugar su última carta: con su otro celular, el que usaba para comunicarse con Aníbal Requena, le envió su ubicación en tiempo real y luego marcó el número con el que se identificaba.

No hubo respuesta. Volvió a intentarlo, pero con el mismo resultado.

—Creo que deben estar muy ocupados lidiando con la policía —dijo Catalina con una ironía.

La mujer entonces sacó su arma de entre las ropas y la apuntó directamente a la cabeza.

—Pues más vale que se tomen un pequeño respiro para responderte, idiota, porque no me apetece manchar el tapiz con tu sangre; es caro —le dijo, mientras amartillaba la pistola.

Catalina volvió a marcar y esta vez luego de un par de timbres, se escuchó la voz siempre serena de Aníbal. De fondo se escuchaban disparos.

—Quiero saber qué pasa —le dijo Aníbal.

Capítulo 28

Lugar: Algún lugar de la capital.
Fecha: Día de la balacera.
Hora: 21:53.

—Quiero saber qué pasa —exigió Aníbal cuando el teléfono sonó por segunda vez y se dio cuenta de que era el que usaba para comunicarse con Catalina Espinoza. Era la oportunidad de aclarar el asunto, mientras Daniela continuaba disparando.

—Es necesario que la persecución termine —se escuchó la voz firme de Catalina Espinoza al otro lado.

—Sí, así será una vez que estemos a salvo —respondió Aníbal, esquivando un auto con el que casi choca—, y luego tú y yo tendremos una muy corta charla.

Aquello era claramente una amenaza. Aníbal ya había decidido que, si por algún milagro lograba salir vivo de ese entuerto, iría a buscar respuestas donde su reclutadora, y lo más probable es que terminara asesinándola por la traición, de la cual estaba seguro que ella era responsable.

—No, debes dejar de huir ahora y entregarte a la policía junto con el resto de tu equipo.

La orden perentoria disparada desde el teléfono hizo que Aníbal estallara de ira. ¿Cómo se atrevía esa miserable mujer a darle órdenes después de lo que estaba ocurriendo? Solo su entrenamiento y experiencia le permitieron guardar la calma y no responder con una lluvia de improperios.

—Creo que eso no es algo que pueda hacer, Catalina —le respondió, aún lleno de ira—. Y creo también que esta será nuestra última conversación. Después de hoy no creo que volvamos a vernos, ¿verdad? Tomaste una decisión que, por supuesto, no comparto ni entiendo, y eso nos lleva por caminos muy distintos. Tú continuarás con tu vida en el poder, maquinando traiciones como esta, y yo tendré que irme por el camino de los fugitivos. Por tu bien, espero que no nos volvamos a encontrar.

Hubo un pequeño silencio entre ambos, de menos de un segundo, pero que Aníbal pudo identificar como una señal de duda por parte de Catalina. Era como si, por primera vez desde que estaban relacionados, ella no supiera qué decir.

—No es lo que crees, Aníbal —dijo Catalina al fin—. Es absolutamente necesario que dejes de huir y te entregues a la policía.

—Sí, no es lo que yo creía, pero es una traición al fin y al cabo. No me voy a entregar porque algo me dice que no llegaremos a un juicio.

Aníbal cortó la llamada. Ya no tenía sentido seguir hablando, menos en la situación en la que se encontraba. Sin embargo, vio que por algún motivo, ella le había enviado su ubicación.

—¿Seguimos el plan inicial? —preguntó Daniela, recargando su arma, al ver que Aníbal había colgado el teléfono.

—Sí —sentenció Aníbal—, seguimos el plan inicial.

Aceleraron. Llegaron al punto acordado unos minutos antes que la policía y se bajaron de los autos, dejando el de Aníbal como punto de resguardo. Aníbal sacó un as que mantenía guardado bajo la manga: una ametralladora FN Minimi con culata plegable y una cinta de doscientos cartuchos de munición. Con eso, superaban en cadencia de fuego a la policía y les daba una ventaja táctica para la retirada.

El infierno estaba a punto de desatarse en esa esquina. Por suerte, a esa hora de la noche había poca gente. Aníbal reunió a lo que quedaba de su equipo y les explicó el plan en detalle, mientras las sirenas de las patrullas se acercaban y algunas personas sacaban sus teléfonos celulares para grabar a aquellos sujetos con ropa táctica y enmascarados.

—Bien, lo haremos así —comenzó Aníbal—. Reunidos en pareja: Daniela y yo, y ustedes dos, separados en dos puntos. Yo cubriré con la «sierra» y ustedes avanzan en la retirada. Una vez se me acaben los tiros, nos cubren a nosotros. Seguimos avanzando así hasta... hasta que muramos o nos salvemos. Ha sido un honor hacer esto con ustedes, señores.

No hubo más palabras, no eran necesarias ni oportunas. Cada uno sabía lo que tenía que hacer. Los dos exmilitares corrieron a sus posiciones con sus fusiles, mientras Aníbal y Daniela se preparaban para hacer frente a la primera patrulla que se aproximaba.

En realidad, llegaron dos patrullas con cuatro policías. Aníbal esperó solo unos segundos más, por si llegaba alguna otra, con la intención de abatir a la mayor cantidad de policías posible. Siempre dentro de su preparación y experiencia había evitado enfrentarse a las fuerzas de seguridad de los estados en los países donde había operado, porque eso siempre era un problema, en todas partes estaba muy penado por la ley.

Pero ahora la situación era diferente; esa policía que los cazaba no los llevaría a la prisión, eso ya lo había deducido. Los iban a matar. Para Aníbal, este enfrentamiento no era más que un acto de autodefensa, un derecho que estaba dispuesto a hacer valer, sabiendo que llevaba mucho tiempo operando al margen de la ley.

En ese momento crítico, su lado más fiero, el guerrero, se apoderó de él por completo. No veía a los policías que se bajaban de las patrullas no como personas, sino como objetivos. Sus compañeros lo miraron, esperando la orden de abrir fuego. Aníbal levantó la mano derecha, mientras ajustaba la culata de la Minimi, suspiró hondo, y entonces la bajó.

De la ametralladora salió la primera ráfaga de muerte. Nada sería igual en ese país después de esa noche.

Capítulo 29

Lugar: Algún lugar de la capital.
Fecha: Día de la balacera.
Hora: 22:00.

Cuando Aníbal le cortó el teléfono, Catalina sintió un escalofrío recorriéndole el cuerpo; aquella sensación le indicaba que ahora estaba completamente sola. Su primera acción fue mirar a la mujer que la vigilaba y luego al hombre que le había entregado el teléfono.

—Bueno, tal como les dije, esto no resultó —dijo, simulando su habitual serenidad y sangre fría, aunque en realidad temblaba de miedo.

—Eso solo es malo para usted —dijo el hombre, que era inusualmente educado considerando su «profesión».

—¿Puedo hacerles una pregunta? —habló Catalina, para ganar algo de tiempo—. Entiendo que cada segundo desde que me subí a este auto es un regalo.

—Por supuesto, tómelo como su último deseo cumplido, quizá —respondió el hombre educado.

—Me dijeron que una vez terminara de hablar con el líder de lo que ustedes catalogan como mi equipo, debía marcar este número de teléfono —Catalina levantó el aparato que le habían entregado—, pues no logro entender para qué.

El sujeto y la mujer se miraron y sonrieron.

—La verdad es que no debería mencionarle esto, pero considerando que ya todos aquí sabemos que usted no volverá a ver la luz del sol, creo que podemos darle una respuesta: su gente efectivamente no será arrestada, será liquidada. Pero eso no lo puede hacer la policía. Lo haremos nosotros, fíjese que tenemos permiso presidencial para ello. Entonces, la idea era que se detuvieran en un punto en donde nos resultara fácil y rápido eliminarlos. Ahora deberemos hacerlo a la mala.

—Quizá no les resulte tan fácil, considerando lo que han hecho esas personas en el último tiempo. Ustedes lo ven como si se tratara de un mero trámite.

—Hemos hecho esto en otras ocasiones, en realidad es casi como un trámite.

—Pero antes que eso, veremos lo que debemos hacer contigo —interrumpió la mujer violenta, marcando el número de su jefe, que a esas alturas Catalina no sabía si era el Presidente o Iván Cabrera.

El teléfono sonó un par de veces hasta que una voz se escuchó al otro lado de la línea: era Cabrera, inconfundiblemente.

—No logró convencer a su equipo, ya no nos sirve —dijo la mujer.

—Bien, entonces hagan lo que habíamos acordado. Recuerden que debe parecer un asalto hecho por maleantes de poca monta.

No hacía falta ser un experto para entender lo que esas palabras significaban. Catalina tenía los minutos contados.

El auto en el que la movilizaban se dirigió entonces camino a los bordes de la ciudad, quizá a un descampado. A Catalina se le llenaron los ojos de lágrimas, fue un sentimiento espontáneo, algo que no pudo controlar. Sintió una pena enorme por sí misma, pero no por encontrarse en esa situación, si no que por algo más profundo. Sintió pena por la enorme soledad en la que estaba inmersa desde el momento mismo en que había salido del hogar de sus padres.

Mientras el auto se dirigía al lugar de su muerte, recordó que con suerte visitaba a sus padres una vez al año, que hacía mucho tiempo que no tenía contacto con sus hermanos, que no tenía hijos ni pareja en ese momento final de su vida.

Estaba sola y ahora que no tenía su mente ocupada en los pormenores de su trabajo se daba cuenta de lo doloroso que eso era. Todo habría sido distinto con una familia al lado, que quizá habría tenido otras perspectivas de la vida misma si ella se hubiese permitido la válvula de escape, el cable a tierra que representa una familia que la respaldara.

Pero sola y sin nadie más que ella misma como soporte, sus prioridades siempre habían rondado en el trabajo, en sus objetivos fríos que, aunque bien intencionados, le estaban costando su vida ahora. Moriría sola y abandonada. Por la naturaleza de su cargo mismo, ni siquiera sería una noticia; sería una mujer asesinada en un descampado solamente, un número más en las estadísticas policiales porque quienes se llevarían todo el esplendor de la noticia sería la gente de Aníbal, los mismos que ahora se batían a muerte con la policía y un grupo de mercenarios.

Serían esas muertes las que abarcarían todos los planos noticiosos y serían ellos los responsables de las habladurías de un pueblo que paulatinamente se estaba acostumbrando a la violencia y al crimen. Ella, en cambio, desaparecería cual vela consumida por el fuego. Olvidada, desconocida.

Entonces se percató que el vehículo se detenía, pero no en un campo abandonado y solitario, si no que una calle transitada y céntrica aun. El hombre sacó su celular de entre sus bolsillos y respondió a una llamada. A diferencia de la vez anterior, en este caso Catalina no pudo escuchar lo que decían desde la otra línea, solo pudo ver que la cara del asesino educado cambiaba y se tornaba con un dejo de preocupación. Parecía ser que algo no andaba bien.

El llamado fue conciso, pero lo suficiente como para provocar un cambio en el itinerario, como se pudo dar cuenta Catalina.

—Tenemos que dar media vuelta —dijo el hombre, guardando de nuevo su teléfono.

—¿Qué pasa? —preguntó la mujer, visiblemente molesta.

—Hay un traspié. Tenemos que resolver eso primero y luego nos deshacemos de ella —respondió el hombre, señalando a Catalina, como si fuera un mero estorbo.

—¡Mierda! —exclamó la mujer con impaciencia—. Sabía que no debíamos mandar al equipo de Ecuador, son unos imbéciles.

—Como sea, hay que volver.

El auto entonces giró bruscamente y aceleró en dirección hacia el lugar donde sonaban las sirenas y donde los equipos periodísticos más audaces ya se dirigían. Aquello significaba unos minutos más de vida para Catalina.

Mientras viajaban, observó cómo los dos asesinos sacaban de un maletín unas placas idénticas a las de la Policía Científica; se harían pasar por funcionarios de esa institución. No cabía duda de que estaban respaldados por gente poderosa, por alguien más allá del corrupto senador Iván Cabrera.

Pero ese cambio de planes también significaba otra cosa, algo más. Un pequeño destello de esperanza: Aníbal y su equipo estaban siendo un hueso duro de roer.

✳

Capítulo 30

Lugar: Algún lugar de la capital.
Fecha: Día de la balacera.
Hora: 22:14.

Probablemente la ráfaga inicial se escuchó en toda la capital, y esos dos segundos que duró, sin duda que marcaron un antes y un después en la historia reciente del país. Por primera vez, alguien se atrevía a abrir fuego con armas de guerra en plena capital.

La ráfaga destrozó los vidrios y las puertas de las dos patrullas que llegaron primero, mientras otras más se acercaban. La sorpresa fue total para los policías, que durante unos segundos no hicieron más que cubrirse. Aquellos primeros disparos solo eran para calcular la puntería; por cada cuatro tiros «normales» incluía una bala trazadora, cuyo resplandor le indicó a Aníbal que había hecho blanco.

La segunda tanda de fuego fue más prolongada, y en ella los cuatro primeros policías cayeron, alcanzados por las balas; uno quedó gravemente herido, mientras las patrullas eran destruidas. Los gritos comenzaron a escucharse por todas partes, y la gente corría a buscar refugio, mientras que el equipo de Aníbal iniciaba una retirada ordenada, aprovechando la cobertura proporcionada por la formidable ametralladora.

Aprovechando también ese lapso de sorpresa y confusión, Aníbal se movió a otro punto para cubrirse y tener una mejor perspectiva y cubrir de mejor manera a sus compañeros, sacando aún más provecho a la Minimi. Ahí llegaban más policías para auxiliar a los caídos, el sonido de las hélices de un helicóptero comenzó a escucharse. Aníbal se lo indicó a Daniela, quien captó de inmediato lo que debía hacer.

El helicóptero tenía un gran foco de luz con el que estaba iluminando a los fugitivos y entonces Daniela, coordinada con el fuego de la ametralladora, hizo blanco en él con su fusil. A pesar de su excelente puntería, tuvo que hacer varios disparos hasta poder cegar aquella luz, luego disparó cinco tiros más sobre el helicóptero mismo, haciendo que se alejara. Sin duda aquellos primeros minutos estaban demostrando que eran muy superiores a las fuerzas de seguridad, dejando helados a todos quienes estaban pegados a la televisión a esas horas, siguiendo el evento.

Aníbal recibió a las nuevas patrullas que se unían a la cacería con una potente ráfaga de la ametralladora de nuevo, destrozando parabrisas, carrocerías y cuerpos. La escena era una masacre. Con el helicóptero alejado, la ventaja en esos primeros minutos seguía del lado de los supuestos criminales. El equipo continuaba retrocediendo, cubriéndose y disparando. Los dos exmiembros de las Fuerzas Armadas abrieron paso desde una esquina para continuar la huida por una calle que parecía ofrecer menos riesgo.

Le avisaron a Aníbal que estaban en posición, y él se movió para buscar otro punto desde donde disparar, cubierto por Daniela. Sin embargo, ya quedaban pocas municiones en la Minimi, y en poco tiempo perderían su cadencia de fuego. Pero Aníbal aún tenía un par de ases bajo la manga para ganar tiempo.

Desde un auto particular alcanzado por el fuego cruzado, Aníbal volvió a disparar la ametralladora sobre los policías que aún estaban desconcertados. Algunos ya pedían el apoyo del Ejército, dada la gravedad de la situación.

—¡Enemigo a nuestras tres! —gritó Daniela.

Más policías habían aparecido desde otra esquina, tratando de rodearlos. Aníbal ya había anticipado esto y esperaba poder contenerlos en un «cuello de botella» con la Minimi, pero la falta de municiones no le permitiría mantener esa estrategia por mucho tiempo.

Los nuevos policías, más resueltos y conscientes de la situación, se bajaron de las patrullas ya con la orden de abrir fuego de inmediato. Pero solo llevaban armas de puño.

—Atacar, neutralizar al enemigo —ordenó Aníbal.

Daniela respondió el fuego de los policías con su fusil en modo ráfaga, obteniendo superioridad de inmediato. Tres policías que habían llegado retrocedieron bajo el fuego de la tiradora, pero Aníbal los repasó con la ametralladora, neutralizándolos en cuestión de segundos habían tardado.

Aun así, siguieron llegando refuerzos, y además de los policías regulares, apareció una unidad del DAPE, lo que ya era una situación diferente, aunque en realidad eran mercenarios disfrazados: un equipo que había ejecutado misiones de asesinato y terrorismo en Ecuador. Aníbal, al verlos, evaluó con rapidez sus opciones. Sabía que el tiempo se le acababa y sus posibilidades eran cada vez más escasas.

Decidió disparar la última ronda de la Minimi sobre los efectivos del DAPE recién llegados. Esto les proporcionó segundos valiosos para que los cuatro miembros de su equipo pudieran ganar más distancia respecto a los policías. Pero el último disparo salido del cañón de la ametralladora no pasó inadvertido para el jefe del destacamento DAPE.

—¡Vacío! —gritó Aníbal, advirtiendo a los suyos que ya no contaban con el apoyo de la Minimi.

El jefe del DAPE lo escuchó y comprendió que los criminales habían agotado el fuego de aquella siniestra arma. Ordenó entonces a sus hombres que avanzaran. Equipados de manera similar a los criminales, la situación se emparejaba.

Se inició entonces un enfrentamiento entre ambas fuerzas que, más tarde, generaría un intenso debate en la opinión pública.

—De dos en dos —dijo Aníbal de nuevo.

Aquello significaba que aplicarían la formación de retirada que ya antes habían acordado; dos disparaban mientras cubrían a los otros dos, que retrocedían. Aníbal y Daniela formaban una dupla, y los exmilitares formaban la otra. Los dos primeros dispararon con precisión, cuidando las municiones y evitando bajas civiles. Aunque estaban superados en número, la experiencia y el fuego sostenido y la experiencia superior les permitía nivelar las cosas. En esa ronda, Aníbal logró abatir a un miembro del DAPE, lo que obligó al resto a tomar mayor resguardo.

Cuando le tocó a Aníbal y a Daniela correr, fueron cubiertos por los otros dos. Estos lograron acribillar a varios miembros del DAPE, pero uno de ellos se quedó sin munición en su cargador y lo tuvo que ser cubierto por Aníbal. Mientras recargaba, el hombre fue alcanzado en la cabeza por un disparo, cayendo muerto al instante.

—¡Hombre caído! —informó el líder.

Tanto Daniela como el otro sujeto solo lo miraron, mientras la sangre y restos de masa encefálica salpicaban el concreto; el hombre ya estaba muerto, y la situación desesperada en la que estaban no les permitía hacer otra cosa más que dejarlo ahí. Sin perder más tiempo, Aníbal recurrió a uno de sus últimos ases bajo la manga: una granada de fragmentación.

—¡Granada! —les gritó a los suyos para que se resguardaran.

La granada impactó todo lo que había en un radio de quince metros, hiriendo a varios policías y dañando varios vehículos. Sin embargo, permitió que los tres fugitivos que quedaban aumentaran la distancia sobre las fuerzas que los perseguían.

Tras unos segundos de confusión, los miembros del DAPE lograron reorganizarse y retomaron el fuego, aunque tres de los suyos habían resultado con heridas graves. Solo los más veteranos lograron reincorporarse rápidamente; los demás, que nunca habían sido sometidos a una prueba semejante, quedaron aturdidos y desconcertados. Era, sin duda, un combate urbano en todas sus dimensiones.

Mientras tanto, los periodistas que habían osado adelantarse para captar imágenes y conseguir primicias quedaron atónitos. Algunos, incluso, se encontraron en medio del fuego cruzado, convirtiéndose en un obstáculo para los policías, quienes los maldecían por su imprudencia. Varios de ellos permanecían aturdidos y sin capacidad de reacción, pues no habían estado nunca en un operativo de ese talante.

Todo ese barullo y ese desconcierto lo aprovechaban Aníbal y los suyos para seguir huyendo, sacando ventaja que sería difícil que les acortaran, a menos que aparecieran más patrullas. Los tres vaciaron un cargador más cada uno para rociar de balas todo el escenario del que escapaban y entonces se dispusieron a correr.

Con el corazón latiéndoles a mil por segundo, llenos de adrenalina, casi no sintieron las dos cuadras que pusieron de distancia sobre los policías. Por un momento Aníbal pensó que lo estaban logrando, que la posibilidad de salvarse estaba al alcance de su mano. Para ello puso al otro exmilitar a cubrir la posición nueva y él y Daniela empezaron a buscar un vehículo para robar y volver a moverse con velocidad.

Pero entonces apareció otro escollo. Uno que no había llegado ahí precisamente para arrestarlos.

Capítulo 31

Lugar: Algún lugar de la capital.
Fecha: Día de la balacera.
Hora: 22:23.

El vehículo no se detuvo en el lugar exacto del tiroteo. Avanzó por una calle lateral, contra el tráfico, y luego dobló a la izquierda. El conductor encendió un radio sintonizando la señal de las fuerzas, supuestamente policiales, que estaban enfrentándose a los fugitivos. Entre la confusión, los gritos y los disparos, lograron identificar que los fugitivos se dirigían hacia donde ellos se habían estacionado.

La mujer violenta sacó unas esposas y sujetó con ellas a Catalina al asiento del conductor del auto.

—Vas a esperar aquí hasta que terminemos con tus amigos —le dijo mientras aseguraba las esposas.

Luego bajó del auto junto con el bien educado y el conductor, que dejó el vehículo encendido pero con el freno de mano puesto. Los tres asesinos sacaron fusiles y varios cargadores de la maletera. El conductor se quedó vigilando el auto mientras los otros dos se escabullían en la oscuridad para preparar la emboscada.

Catalina no necesitaba ser una experta para darse cuenta de que planeaban usarla como escudo. El miedo regresó, estaba muy estresada y ya no podía controlar los temblores que esa carga mental le estaban provocando. Intentó cubrirse lo que más pudo, acariciándose en el asiento, pero estaba claro que no le serviría demasiado.

Buscó también la forma de liberarse, pero no tenía cómo abrir las esposas; tiró de ellas y golpeó el asiento, pero nada funcionó y lo único que se escapó fueron algunas lágrimas de sus ojos asustados. No tenía más que hacer que esperar a ver qué pasaba en el exterior del auto y que la lluvia de balas que se desataría no la acribillaran en el interior.

Nunca antes había experimentado una espera tan terrible.

Capítulo 32

Lugar: Algún lugar de la capital.
Fecha: Día de la balacera.
Hora: 22:28.

Aníbal pudo incluso escuchar el impacto de la bala y lo sintió tan vívido que se sobresaltó al pensar que él había sido el blanco del impacto. Con un rápido chequeo comprobó que continuaba intacto y de inmediato buscó cobijo, pues era evidente que los habían emboscado. Su segundo impulso por supuesto fue ver a quién habían impactado y se dio cuenta de que el otro exmilitar estaba inerte en el piso y que Daniela también se había alcanzado a cubrir.

—¡A las 12, los tenemos al frente! —informó la mujer, devolviendo el fuego hacia un auto que estaba cruzado en la calle como una barricada y de donde pensó que les habían disparado.

—¿Muerto? —le preguntó Aníbal, señalando al hombre caído.

Daniela confirmó la muerte con un movimiento de cabeza. Solo quedaban ellos dos, y entonces Aníbal vio cómo sus esperanzas de salir con vida se desvanecían. Aun así, ya se había prometido no entregarse y luchar hasta el final, como nunca antes había pasado en el país. Daniela era inclusa más resuelta que él, así que si ella veía que no se rendía, entonces la habilidísima mujer lo escoltaría hasta el último segundo.

Pero Aníbal notó que los disparos no venían del auto, por lo que le indicó a Daniela que no malgastara munición. Sin embargo, la silueta de un hombre se podía vislumbrar. De todos modos Daniela había alcanzado a desarmar a su compañero caído y se había hecho con su ración de municiones.

—A los costados de la calle, están ahí, creo que son dos tiradores —le dijo Aníbal.

—Confirmado, los veo. Hay que hacerlo rápido —respondió Daniela.

Aníbal avanzó entonces, cubierto por su arma y la de Daniela, disparando a ambos costados, impidiendo el fuego de represalia de sus adversarios y acortando la distancia con ellos para ultimarlos rápido. Al menos eso creyó. Pero los asesinos destinados a eliminarlos no eran el equipo de Ecuador; los dos sujetos también retrocedieron disparando de forma coordinada, y el chaleco antibalas de Aníbal fue la causa de que dos impactos no lo mataran, aunque lograron traspasar la cobertura blindada de la protección sin provocarle heridas graves y tirándolo al suelo. Daniela le habló, preocupada:

—¿Estás bien? Reporta.

—Estoy bien, ten cuidado, son buenos.

Pero Daniela no tenía muy claro ese término «ten cuidado» y su carácter osado la dominaba. Se arrojó disparando en abanico, cubriendo todo su radio con fuego sostenido hasta terminarse el cargador; luego se cubrió. Fue entonces el turno de Aníbal, que hizo lo mismo, disparando y avanzando hasta que solo quedaron a unos diez metros de distancia. Entonces emergió el conductor del auto, abriendo fuego a quemarropa con un fusil.

Ambos lograron ponerse a cubierto, y Aníbal respondió con un par de tiros que no hicieron blanco; los otros dos tiradores también hicieron fuego, pero por suerte tampoco dieron en ellos dos. Aníbal quería terminar ese enfrentamiento rápido para no perder la ventaja que les habían sacado a los policías. Una vez que estos llegaran a ese callejón, todo se habría terminado. Por lo tanto, quiso intentar una estrategia para acabar con esos tres escollos.

—Yo los atraigo, tú los neutralizas —le dijo a Daniela.

—Entendido —ratificó ella, comprendiendo de inmediato lo que debía hacer.

Aníbal suspiró hondo y, calculando con rapidez dónde estaban los tres enemigos, emergió de su escondite e hizo un par de disparos en esas tres direcciones. Luego, antes de terminar de cubrirse, Daniela le voló la cabeza al conductor del auto, que era el que estaba más expuesto. Alcanzó también a la mujer violenta, pues ambos pudieron escuchar su grito de dolor.

—El del auto, muerto; el de la izquierda, herido, y el de la derecha, intacto aún —reportó Daniela.

—Bien, voy por ese hijo de puta —sentenció Aníbal, determinado.

—Comprendido, terminaré a la maldita —respondió Daniela.

Los dos salieron de nuevo de su cobertura: Aníbal disparando sobre el lugar donde se escondía el asesino educado y Daniela buscando terminar a la mujer violenta, quien, pese a estar herida, no había dejado de ser peligrosa.

Despreocupándose medianamente por Daniela, Aníbal fue tras el hombre a su derecha. Avanzó con la misma técnica usada antes, disparando tiro a tiro para racionar la munición, pero sin darle oportunidad a su enemigo de contraatacar. Sin embargo, el hombre emergió de la oscuridad con su propia arma, usada como mazo, golpeando en las manos a Aníbal y desarmándolo.

Este reaccionó con la rapidez que le permitía el cansancio acumulado y sus cuarenta y seis años; sacó su arma de puño, pero el otro sujeto, más joven, más descansado y más liviano, también logró arrebatársela. En la última fracción de segundo, Aníbal pudo quitarle el cargador para que al menos no pudiera usarla en su contra. Entonces sacó su cuchillo, y en eso sí que se manejaba más que bien.

Le lanzó un par de fintas para ver los reflejos del hombre y comprobó, a su pesar, que eran mejores que los suyos; tenía por lo menos diez años menos. El hombre contraatacó con un par de ganchos que Aníbal esquivó con algo de dificultad, pero él tenía más experiencia y estaba luchando por su vida; con esas motivaciones, era difícil ser derrotado.

El otro hombre se abalanzó sobre él para abrazarlo e intentar arrojarlo al suelo, pero Aníbal puso un pie atrás y pudo detener el embate. Con la palma izquierda le dio un golpe en la oreja al sujeto, seguido de un puñetazo en el mentón que lo desequilibró. Inmediatamente, aprovechó para clavarle el cuchillo en la garganta en un golpe mortal. El sujeto se desvaneció en el piso, mirando a Aníbal sin entender cómo había sucedido aquello.

En el otro costado, las dos mujeres se habían trabado en una descomunal balacera. La asesina, herida en un brazo, se defendía con una pistola mientras trataba de no ser alcanzada por las balas. Daniela descargaba ráfagas de su fusil sobre su oponente. Ese enfrentamiento fue aún más corto que el anterior; en un instante, Daniela pudo hacer blanco sobre la cabeza de su contrincante, que cayó hacia atrás con la mitad de su cabeza destrozada por las dos balas que lograron impactarla.

Pero Daniela sintió un dolor agudo también en su brazo izquierdo, en dos puntos: uno antes y otro más abajo del codo. Sintió también el líquido tibio escurriendo hasta su mano y cayendo al suelo en un reguero intenso. Estaba herida. Y era grave.

Aníbal corrió a auxiliarla al ver que la chica se sentaba en el suelo para intentar contener la hemorragia.

—Debes irte, se acabó para mí —le dijo Daniela cuando él llegó para ayudarla a ponerse el torniquete, que era lo único que podía hacer en ese instante.

Ella tenía claro, desde el momento en que habían decidido batirse para no ser capturados, que el riesgo de morir era más que seguro. Sabía que habría sido más difícil lograr escapar que sobrevivir, por lo que sus heridas eran la señal de que ya estaba sentenciada. Solo Aníbal podía irse ahora.

Para él era una cuestión algo complicada; tenía que decidir si ayudaba a Daniela, complicándose aún más la vida, o se aseguraba su escape y la dejaba a su suerte, como ya lo habían acordado con anterioridad. Pero algo en su interior le impidió hacer lo último. La chica había sido su compañera más hábil, más cercana, y no se sentía con la fuerza para dejarla sin ayuda, así que prefirió correr el riesgo.

—Llegamos demasiado lejos, no te puedes rendir —le dijo, terminando de asegurar el torniquete y levantándola para proseguir la fuga.

—Eres un insensato. Ya solo debías seguir corriendo, irte en el auto de estos imbéciles. Yo te cubriría con lo que me quede.

—Sí, bueno, intentamos hacer algo para cambiar las cosas en este país; no podía no hacer lo mismo yo. Quizá sea una insensatez, pero al menos me quedo con mi conciencia tranquila.

Mientras ayudaba a Daniela a levantarse, se cayó de su bolsillo el teléfono celular con el que se comunicaba con Catalina. Se había olvidado de ella durante aquellos minutos infernales y, al ver el aparato en el suelo, recordó que le había enviado su ubicación en tiempo real. Solo Dios sabía dónde estaba ahora.

Pero no pudo aguantar la curiosidad y miró de nuevo la pantalla. Las sorpresas aún no terminaban esa noche.

Capítulo 33

Lugar: Algún lugar de la capital.
Fecha: Día de la balacera.
Hora: 22:35.

El sonido atronador de las balas nunca lo había escuchado tan cerca, tampoco le habían disparado antes, y cuando sintió los impactos en el auto se paralizó de terror. No supo cuántos minutos pasaron en esa refriega, pero sí se pudo hacer una idea de lo que acontecía en el exterior.

Catalina permanecía con los ojos cerrados, mientras escuchaba el infierno desatado afuera. Escuchó unas ráfagas más de armas automáticas, escuchó un sonido de una voz ahogada y luego un forcejeo con más balas disparadas en varias direcciones. Un par de impactos más golpearon el auto, uno de los cuales pasó cerca de su cara. Pudo adivinar una pelea mano a mano por los quejidos de esfuerzo y los golpes, que no fue muy larga, y luego sintió un cuerpo caer. Escuchó los gritos y maldiciones de voces femeninas y, por unos segundos, también escuchó un silencio inquietante, excepto por el motor encendido del auto. Todo había terminado.

Luego escuchó el murmullo de unas voces y unos pasos acercándose. Estaba bastante segura de que unas gotas de orina se le habían escapado por el miedo y la ansiedad. El temblor de su cuerpo se acrecentó cuando escuchó que abrían las puertas del auto. Sintió un enorme alivio cuando vio la cara sudorosa y cansada de Aníbal Requena. Simplemente se puso a llorar al verlo.

—Cálmate, ¡Santo Dios! Qué noche hemos vivido —murmuró Aníbal, casi como hablando para sí mismo.

—¡Vámonos de aquí antes de que nos alcancen!, creo que tenemos unos tres minutos de ventaja —dijo Daniela, que estaba pálida y sudaba aún más que Aníbal por sus heridas.

Aníbal desestimó liberar a Catalina para no perder tiempo; ya podría hacerlo una vez que estuviesen a salvo. Las sirenas se volvieron a escuchar irremediablemente cerca, y un helicóptero también volvía a sobrevolar el cielo nocturno. Se escuchaban gritos y órdenes impartidas por varios oficiales. Los seguían cazando.

Con el mismo Aníbal al volante, el auto salió a toda velocidad por la calle, una cuadra antes de donde se iban acercando los policías. Pudo esquivar el cerco por unos segundos, acelerando a fondo y tomando una calle secundaria, mientras el helicóptero también se perdía. El auto en el que se movían, se suponía que era un vehículo aliado, por lo que lo ignoraron. Los policías cayeron en su error cuando vieron los cuerpos sin vida de los mercenarios. Para ese entonces, ya los fugitivos estaban lejos, fuera de alcance. Todos quedaron con la profunda sensación de fracaso y sorpresa mezclados.

Uno de los más grandes fracasos policiales desde el retorno a la democracia del país.

Cuando vieron que ya habían vuelto a sacar ventaja sobre las fuerzas policiales, Aníbal decidió cambiar de auto una vez más, por lo que se apresuraron a robar una camioneta. De un disparo simplemente cortaron las esposas que aprisionaban a Catalina y los tres se cambiaron de vehículo. Solo ahí se sintieron un poco más seguros y relajados, aunque Daniela llevaba su pistola en la mano, sin seguro, lista para seguir peleando.

—Gracias… de verdad, muchas gracias —dijo de pronto Catalina.

—No agradezcas nada aún —la contradijo Aníbal—. No somos precisamente amigos en este momento.

—Yo no fui…

—Aquí no hablaremos —la interrumpió de nuevo el líder de lo que había sido el equipo de asesinos en serie más preciso del que se hubiese conocido antes.

La camioneta robada fue limpiada y abandonada a un par de kilómetros de su base secreta, y robaron un nuevo vehículo con el que llegaron al escondite. Luego de eso, Aníbal se dispuso a examinar la herida de su compañera sobreviviente.

Por suerte, las balas tenían salida, por lo tanto la extremidad no estaba comprometida. Limpió las heridas y las vendó para evitar la infección. Daniela, exhausta, así que se durmió casi en el acto. Aníbal entonces recordó que tenía a un invitado no deseado en su escondite al que había mantenido encerrado. Tenía que decidir qué hacer con él también. Quería dormir, pero aún no podía.

Se acercó hasta donde estaba Ramiro, que lo miraba con sorpresa, y abrió la celda donde lo mantenía.

—¿Y el resto? —le preguntó el periodista, sin salir de la celda.

—Solo quedamos nosotros dos.

Hubo un silencio sepulcral por unos segundos.

—¿Puedo irme? —preguntó de nuevo Ramiro.

Aníbal lo miró a los ojos. Atrás suyo estaba Catalina Espinoza, que no entendía qué hacía ese hombre ahí, si ella había dado órdenes de que lo eliminaran. Ramiro, por otro lado, al verla, pudo entonces hacerse el cuadro completo; ya sabía quién les pagaba y quién les había encomendado los asesinatos, pues él sí que conocía bien a esa mujer enigmática.

—¡Rayos! —exclamó Ramiro con asombro, dirigiéndose a Catalina—. Nunca pensé que usted estaba detrás de todo esto. Y supongo que usted está en representación del Gobierno.

—No estoy representando nada —respondió Catalina con voz cansada.

—Pero usted trabaja con el Presidente. No hay que ser muy inteligente para unir los cabos al verla al lado de este... hombre —continuó Ramiro, señalando a Aníbal.

—Con respecto a eso, quiero saber qué mierda pasó —exigió Aníbal, sentado en el piso con su pistola en el regazo. Aquello era un buen incentivo para decir la verdad.

Catalina también se dejó caer pesadamente en el piso de madera al frente a Aníbal. Ya ni siquiera le importaba que Ramiro Mendoza estuviese allí, tomando nota atentamente de todo lo que iba a decir.

—Todavía no lo tengo claro —empezó—. Supongo que el maldito de Iván Cabrera se dio cuenta de lo que...

—No, eso no es posible —la interrumpió Aníbal—. Hicimos el rastreo de manera invisible, el blanco no podía darse cuenta de nada. Fuimos traicionados, y hasta este momento, la traidora eres tú según mi análisis, así que deberás usar muy bien tu intelecto para elaborar una idea lo suficientemente buena para salir de aquí con vida. Tres hombres muy buenos murieron hoy.

La serenidad con la que hablaba el sobreviviente del tiroteo más espectacular del país en tiempos de paz interna era intimidante. Claramente hablaba en serio, y Catalina lo sabía. Lo había reclutado justamente por esa capacidad de cumplir lo que decía. Pero lo bueno era que esta vez estaba diciendo la verdad, como pocas veces antes, ahora lo estaba haciendo.

—Si Cabrera no se dio cuenta de que ustedes lo seguían de manera sospechosa, anticipando de este modo un posible atentado, entonces simplemente fui traicionada también por el mismo hombre para el que le trabajaba. De ahí que Iván Cabrera fuese alertado. Mi superior tenía conocimiento de todos los blancos que serían eliminados. Desconozco por qué fui traicionada.

—Eres la persona de confianza de ese sujeto. Se me hace difícil creer que de la noche a la mañana simplemente fuiste descartada.

—Tú eres bueno matando personas, yo soy buena moviéndome entre políticos; cuando los vientos cambian de dirección, simplemente ellos cambian también su brújula moral. Lo sé por experiencia.

—¿Y entonces por qué no anticipaste esto? Podrías haber consultado tu anemómetro para darte cuenta que tus vientos políticos iban a cambiar. Se supone que tienes experiencia en este ambiente.

—Como dije antes, no sé por qué me traicionaron, aunque sospecho que hay dinero y réditos políticos de por medio. Estos hijos de puta siempre buscan mantenerse vigentes, eso los mueve. En el último tiempo nuestra… «operación» no estaba dando los resultados en las encuestas con la velocidad que esperábamos, entonces mi jefe se impacientó.

»Probablemente llegó a algún acuerdo con la oposición a la que representa Cabrera del que yo no fui parte para no influir en su decisión. Y un acuerdo con Cabrera es en realidad un chantaje del que mi antiguo jefe no se pudo escapar.

Aquello tenía más lógica, pero Aníbal seguía sin conformarse, su carácter desconfiado lo hacía una persona difícil de convencer sin pruebas tangibles, asique tendría que comprobarlo.

—Creo que ella tiene razón —se inmiscuyó Ramiro—. El Presidente es una rata muy cobarde y muy hábil en este ambiente, así que…

—Tú deberías callarte —le cortó Aníbal—. Aún no está claro qué haremos contigo, así que mientras menos hables, mejor será para tu suerte.

—¡Por favor! —exclamó Ramiro—. Llevo aquí una eternidad, prácticamente soy de tu equipo. Sé que tienes demasiada nobleza e integridad como para matarme sin razón.

—Tengo como razón la investigación que estás llevando a cabo sobre lo que hicimos. Eso no puede ver la luz. Y tu simple promesa de no publicar nada, no me convence más que las palabras de esta mujer. Si tuviese que decidir ahora, creo que solo dos personas saldrían de aquí con vida. Yo soy uno, y la otra es la chica que está durmiendo en ese sillón —concluyó Aníbal, señalando a Daniela, que seguía profundamente dormida.

—En eso tiene razón Aníbal. De hecho, yo di la orden de que te mataran cuando te capturaron. Cada segundo que has permanecido con vida desde ese momento, es un regalo que deberías agradecerle a la providencia.

—Bueno, pero creo que la situación cambió un poco y, por lo que me puedo dar cuenta, de lo único que está a cargo usted ahora es de sus zapatos —la enfrentó Ramiro, ante la mirada llena de rabia de la mujer—. Lo que quiero decir, la verdad —continuó Ramiro, intentando suavizar el ambiente tenso—, es que para ambos la decisión final la tiene nuestro amigo aquí, armado hasta los dientes.

Los dos miraron a Aníbal y a su Beretta en el regazo. Este ordenó sus ideas de a poco, considerando que ya la adrenalina estaba pasando y que se encontraba relativamente a salvo. Sabía que las policías ya habían iniciado una cacería brutal que los llevaría tarde o temprano a su escondite, por lo que se debería mover luego, al sur quizá, donde era más difícil que lo atraparan. Podía moverse con facilidad él solo, junto con Daniela, pero con el dolor de tener que dejar a su familia atrás. Ya había hablado con ellos para prepararlos para ese momento, pero aun así dolía.

El otro asunto era el periodista; no había motivo alguno para confiar en él, sobre todo considerando que se destacaba por sus reportajes polémicos, incisivos. Esta era «la» historia en su carrera, por lo tanto, no iba a dejarla así como así. Pero tampoco lo podía matar como si se tratara de un insecto molesto.

Y su último escollo era Catalina; ¿cómo creerle a esa mujer cuyo trabajo era engañar, mentir y utilizar a las personas? Hasta el momento, él la seguía considerando una nueva enemiga; de empleadora se había transformado en enemiga.

Suspiró hondo sin decidirse. En otra vida quizá hubiese terminado todo eso con un par de balas y un par de cuerpos más ahí tirados, pero ahora, más viejo y menos impulsivo, esa ya no la consideraba una buena idea.

También estaba su venganza, porque si resultaba cierto que Catalina no lo había entregado, entonces haría pagar caro o al Presidente mismo o a Iván Cabrera. Eso no estaría en discusión.

Se levantó de la silla con la Beretta en la mano derecha, como si el arma fuese una extensión de su brazo. Miró hacia la noche estrellada a través de una abertura entre la mampostería de esa construcción semiabandonada y pudo oír a lo lejos los sonidos de una ciudad viva aun de noche. Aspiró los aromas que emergían de ese bullicio lejano y que le llegaban como tenues brisas.

Era la vida misma de un país al borde del desarrollo y al borde del «tercermundismo», anclado en la disyuntiva de seguir creciendo o quedarse estancado como sus vecinos. Así lo había visto él a lo largo de su carrera y de su vida, y el evento de esa noche no sabrían cómo calificarlo en la mañana los expertos, como si fuese algo similar a lo que ocurría en los países del Medio Oriente consumidos por la guerra o un tiroteo como los que ocurrían en Estados Unidos, un país desarrollado.

Lo cierto era que al final lo catalogarían como un evento propio del país solamente, un país tan único que era difícil compararlo con otros. Del mismo modo, él apostaría por un camino distinto, uno por el que ya había empezado a caminar cuando aceptó cumplir esas misiones de asesinatos y que ahora ya no podía dejar atrás. Aún tenía pertrechos, aún tenía a Daniela.

Aún tenía la convicción de estar haciendo lo que se debía hacer. No lo correcto, ni lo ético, ni lo malo o lo inhumano. Solo lo que se debía hacer. Sus hijos lo entenderían algún día.

—No te pediré que olvides tu historia —empezó a decirle a Ramiro, girándose hacia sus interlocutores y guardando la Beretta en su funda—. Será tu decisión si publicas lo que has investigado, incluyendo nombres, fechas, eventos, lo que sea. Pero entiende esto: no voy a parar, no dejaré de cazar a estos malditos porque es lo que se debe hacer.

Por cientos de años, la sociedad evolucionó y con ella los conceptos de justicia, haciéndolos más complicados de entender y más complicados de aplicar. Con cada era se fueron agregando minucias y resquicios para que los letrados se puedan afirmar cuándo deben aplicarse las leyes.

Para mí, y en un principio para la jurisprudencia, todos somos ciudadanos, pero esa calidad se pierde cuando corrompes las normas que nos permiten vivir en sociedad; por ello, pierdes todos tus malditos derechos también. Algunos de esos delitos ameritan cárcel, ameritan perder tu libertad, pero otros, esos que son más grandes y más atroces, merecen tu vida; así de simple.

Puedes poner eso en tu historia si quieres, y sé que suena descabellado, pero es lo que piensa la mayoría de la gente común y corriente que compone un país. Estoy seguro de que lo piensan y lo comentan familias completas cuando se juntan, se dice en reuniones informales, se susurra en la calle. Esas personas son la sociedad, no los malditos políticos corruptos ni esos malditos jueces incapaces que integran los juzgados públicos por no tener las competencias necesarias para ejercer como abogados particulares; con imbéciles así, no se puede impartir justicia verdadera.

Tampoco puedes crear leyes eficientes si tus representantes, a los que elegiste para que representen tus intereses, son en realidad patanes flojos, ladrones y corruptos que solo velan por sus intereses, no por los tuyos, no por los de quienes les pagan sus sueldos millonarios. Así no. Es ahí entonces que debes utilizar la fuerza bruta. El ojo por ojo. Estar por fuera del marco que nos rige, por fuera del sistema; a ojos de la ley eso es ilegal, pero ¿qué mierda importa si esa misma ley ya está podrida, ya está corrompida?

Alguien lo entenderá y alguien lo va a agradecer. Saldrá en los noticiarios en algún momento que un desgraciado delincuente, una rata que era una desgracia para el país, apareció muerto en una calle y entonces ese ciudadano que viene llegando cansado a su casa después de una maldita jornada de doce horas de trabajo por una miseria de sueldo, se sentirá un poco mejor; verá que algo de justicia de verdad se hizo.

Eso fue lo que entendí cuando tú —dijo apuntando a Catalina— me fuiste a ver hace tiempo atrás. Ahora yo voy a seguir adelante; no sé si vas a venir conmigo o no, eso es tu decisión. Pero mi experiencia en este mundo me dice que no vas a vivir tranquila nunca más si te vas de este lugar sola; irán por ti también.

Catalina sintió una punzada en el pecho cuando le llegaron a sus oídos esas últimas palabras. No se imaginaba en qué podía ser de utilidad en ese tipo de tareas, pero también concordaba en que no la dejarían vivir quienes la habían traicionado, y la única forma de poder seguir viviendo con relativa normalidad era permaneciendo al lado de ese hombre.

Y de pronto se dio cuenta de que ella aún mantenía muchísima información, que tenía contacto con personas que podían acceder a más información confidencial y que podía ser un nexo eficiente en la recopilación de inteligencia para misiones futuras.

Y en eso podía ser útil un periodista incisivo, de esos que incomodaban.

—Eso significa que me estás ofreciendo trabajo, ¿verdad? —preguntó.

—Eso significa que te estoy dando la oportunidad de que pruebes que no fuiste tú quien nos entregó —le respondió de inmediato Aníbal.

—Muy bien, entonces hay que ponerse en marcha. Llegarán aquí de un momento a otro a buscarnos y no precisamente para arrestarnos.

Ramiro miró al piso; solo quedaba él por decidir su futuro.

—Algo me dice entonces que voy a salir de aquí caminando por mi cuenta —dijo.

—Te daré el beneficio de la duda —le respondió Aníbal.

—Tengo que publicar algo. He trabajado mucho por esto; mejor dicho, he dejado de trabajar mucho por esta historia y tengo que comer.

—Aún tengo cartas bajo la manga —respondió Catalina—. Puedo hacer que no te falte para vivir.

—Pero entonces, ¿quieren que me vaya de aquí caminando y simplemente escriba un reportaje sobre la fauna de la Antártida?

—Puedes escribir sobre lo que quieras, Ramiro, eso es lo que te estamos diciendo —agregó Aníbal—. Se supone que eres alguien con principios, por eso todo el mundo te detesta; porque la verdad dura incomoda.

Ramiro los miró a ambos. Tenía claro lo que tenía que hacer.

—¡Carajo! Todos aquí perdimos mucho hoy, pero creo que ustedes tres perdieron más que yo —sentenció al fin.

Se dispusieron a salir de inmediato. Aníbal despertó a Daniela, que se incorporó como si no hubiese dormido, y mientras recogían lo que podían, le explicaron lo que habían decidido. Ella no tuvo más que aceptar; estaba en la misma condición de Aníbal.

El sol empezaba a despuntar por la cordillera cuando abandonaron el recinto, luego de preocuparse de no dejar nada que se convirtiera en un hilo conductor hacia ellos. En la entrada, con esos rayos de sol taladrándole los ojos con molestia, quedó solamente Ramiro, con las manos en los bolsillos de su pantalón, pensando en cómo diablos haría para irse a su casa si estaba en medio de la nada.

Capítulo 34

Lugar: Casa del Presidente.
Fecha: Algunos días después de la balacera.
Hora: 07:50.

El Presidente nunca se iba a la Casa de la Presidencia antes de las nueve de la mañana porque siempre había sido malo para madrugar. De hecho, los peores días de su vida laboral habían sido esos días ajetreados de campaña, cuando postulaba al cargo que ahora ejercía; ahí había tenido que empezar a funcionar desde muy temprano, pero eso se había terminado una vez que había asumido.

Su casa, suministrada por el Estado, estaba en una comuna de clase media; lo había querido así para demostrar que él era un hombre de «clase media», de la clase trabajadora que hacía funcionar al país, como decía en sus discursos, aunque lo cierto era que esa «clase media», por lo general, se levantaba a las cinco de la mañana para poder llegar a sus trabajos y no a las nueve, como lo hacía él.

La casa también contaba con una dotación fija de personal especializado de la Policía Nacional Científica que tenía a cargo su protección; en total había seis escoltas que deambulaban día y noche por la propiedad y que cuchicheaban entre ellos sobre lo que veían en el diario vivir de ese hombre soltero que dejaba mucho que desear en su intimidad. Era secreto a voces entre esos funcionarios que el Presidente tenía un par de amantes que circulaban por la casa, las cuales no siempre se comportaban con decoro.

De hecho, dentro de las reuniones mensuales que el Presidente mantenía con el Jefe de su seguridad, este último le había sugerido que eliminara aquellas visitas bajo el pretexto de ser un elemento peligroso para su seguridad. Por aquel entonces, el Presidente contaba con la ayuda de Catalina Espinoza para que le solucionara esos problemas cuando las mujeres se volvían algo molestas, cosa que ahora no tenía, así que estaba pensando en verdad hacerle caso a su experto. Después de todo, ya más adelante tendría oportunidades amorosas con féminas, pues, ¿quién no querría tener una relación con el presidente de un país?

Estaba saliendo de la ducha envuelto en una toalla, mientras que con otra más pequeña se secaba el pelo, pensando en sus futuras amantes y no en el informe que había recibido ayer que indicaba que la economía seguía estancada, con un índice de IMACEC igual a «0», cuando vio de reojo una figura oscura sentada en el borde de su cama. Y eso que había dormido solo la noche anterior.

Se secó la cara para poder visualizar bien la figura y sintió un escalofrío intenso recorriendo su espalda al ver a Catalina Espinoza mirándolo con una carpeta en sus manos y sus característicos lentes de marco delgado.

—Pero ¡qué carajos! —fue lo que alcanzó a exclamar, antes de que Catalina le indicara con la mano que guardara silencio.

—No haga ni diga nada, por favor —habló con una fría voz la mujer—. Vengo a conversar.

—Por lo menos quiero ponerme algo —pidió el hombre, que se avergonzó al verse sorprendido en esas circunstancias. Ya no parecía el presidente de un país.

Catalina le indicó con un gesto que lo hiciera; ella tampoco se sentía bien hablando con aquel cobarde sin ropa. Bajo la atenta supervisión de la mujer, el Presidente se puso una bata y quedó de pie al frente de quien antes había sido su empleada de mayor confianza. Intentó ordenar sus ideas para poder responder lo que evidentemente ella había ido a preguntar. Y debía tener cuidado porque, evidentemente también, no había ido hasta allí ella sola.

—Muy bien, sé que estás confundida —empezó el Presidente—, pero hay una...

—No estoy confundida, la verdad es que tengo muy claro que usted me traicionó e intentó deshacerse de mí porque, como no estaba oficialmente en la nómina de sus asesores, era muy simple mandarme a matar. Lo único que me intriga es saber a qué tipo de acuerdo llegó con Cabrera, porque nuestro plan venía funcionando. Con lentitud, es cierto, pero venía funcionando.

—Paz —respondió el Presidente, sentándose en un pequeño sofá que tenía en su habitación.

Eso sí que Catalina no lo pudo entender; no se pudo imaginar a qué tipo de «paz» podrían haber llegado el Presidente y el corrupto senador. Ambos pertenecían a veredas políticas opuestas, pero no había guerra entre ambas facciones. Las diferencias políticas internas del país estaban lejos de representar un peligro de guerra civil.

—¿A qué se refiere con paz? —le preguntó.

—Paz interna —volvió a responder con celeridad el Presidente—. Paz en todo sentido. Las calles se mantendrán tranquilas, los clanes mafiosos se mantendrán a raya. En el sur ya no operan grupos subversivos. El país crecerá y tendrá más tranquilidad.

—¿Y cómo hará eso? En años de lucha, el problema solo ha ido agravándose.

—Bueno, no es un secreto que Iván es alguien importante en los bajos mundos, es un pez gordo que se rodea de gente peligrosa. Esa gente es la que nos ayudará a mantener cierto orden.

A Catalina le llamó la atención que, si para el Presidente hasta hacía una semana Cabrera era su rival político más enconado, ahora lo llamaba casi con estima por su nombre de pila, «Iván». Eso ella lo leía entre líneas como un posible arreglo económico entre ambos que no se iba a mostrar a la luz pública.

—Déjeme entender eso —continuó Catalina, quitándose los lentes—. ¿Usted quiere decir que los mafiosos más importantes del país tomarán las funciones de orden público que deberían tener las policías?

—No es tan drástico como lo dices tú y, de hecho, es menos drástico que lo que estuvimos haciendo nosotros.

—Pero a lo que voy es que eso no es cierto; las mafias no pondrán orden, se tomarán las calles. Nos convertiremos en Ecuador, estamos siguiendo su ejemplo. Cuando el Estado se repliega, las bandas criminales toman su lugar de inmediato, pero no para poner orden, sino que para todo lo contrario; se impondrá el caos y en ese caos ellos reinarán. A la larga se tendrán que usar las Fuerzas Armadas para reponer el orden, y en este país es un tabú hablar de sacar a los militares a la calle.

Por supuesto que a usted eso le importa un carajo porque para ese entonces ya ni siquiera estará aquí con los pies en el fango; estará en Europa, tal vez con una abultada cuenta corriente generada por este trato con el principal mafioso del país. Creo que el asunto va más por ese lado.

El Presidente tragó saliva de forma incómoda al escuchar ese último comentario porque Catalina estaba en lo cierto; ahora no parecía muy buena idea haberla tenido tanto tiempo trabajando a su lado. Había aprendido demasiadas cosas.

—Ustedes son todos iguales —volvió a hablar la mujer—. Izquierda, centro, derecha... es lo mismo con distintos nombres; su fin es el mismo. No es el bien común, no es el crecimiento o el desarrollo del país, no es el terminar con la pobreza, no es mejorar la salud o la educación, no es mejorar las condiciones para las pequeñas y medianas empresas.

»Es el Estado mismo, eso es lo que buscan todos ustedes. Buscan hacerse con el Estado, rapiñarlo, robarlo. Generan leyes que les ayudan a robarlo, lo roban directamente desde las arcas fiscales, contratan a familiares y amigos para que se lo roben como una manera de pagar favores. Pero al fin y al cabo de eso se trata; robar. Los Estados son instituciones generadoras de dinero y todos ustedes aspiran y compiten para llegar a la cima y así disponer de esas ingentes cantidades de dinero para su propio beneficio, para sus propios intereses.

—Pues nosotros intentaremos ir cambiando eso.

Esa última frase le generó un inusitado temor al Presidente.

Catalina se levantó de la cama del hombre y se sacudió como si hubiese estado sentada directamente en la tierra.

—¿Y qué se supone que vas a hacer tú? —le preguntó el Presidente, recuperando un poco de valor, olvidando que la verdad era que la mujer no podía estar sola ahí—. Por lo que sé, estás abandonada; eres tú contra el mundo y yo soy un presidente de un país soberano, elegido democráticamente.

Aquello era cierto. Por muy corrompida que estuviese la política del país, seguía siendo una democracia y ajusticiar a un presidente en funciones en un país democrático. Solo lo convertiría en mártir y afianzaría a otros que tomarían su lugar. Pero no se llevaría el asunto sin un escarmiento.

—No estoy sola —respondió la mujer, en el momento en que un haz de luz roja se detenía en la frente del Presidente—. Mis nuevos amigos y yo estamos por fuera de su mundo de mierda. Lo esperaremos. Hágalo bien, señor Presidente; estaremos atentos a lo que haga en su *país soberano*. Ahora métase de nuevo en ese baño asqueroso que tiene… sí, sabemos lo que ha hecho en ese baño y en esa cama, y no salga de ahí hasta en treinta segundos. Si sale antes, no terminará su período presidencial y no habrá democracia corrupta en el mundo que lo ayude.

El Presidente obedeció mecánicamente la orden que le impartió Catalina; se metió al baño y cerró la puerta con cuidado, como si al cerrarla así impediría que le clavaran una bala en la cabeza. ¿Cómo se atrevían a hacer algo así? ¿Cuándo se había desvirtuado tanto la imagen del Jefe de Estado como para que unos mercenarios, asesinos y descolgados del sistema se atrevieran a amenazarlo?

Esperó incluso más de treinta segundos por si las moscas y luego salió de nuevo a su habitación. Catalina Espinoza ya no estaba. Entonces corrió y gritó furibundo a sus escoltas para que registraran toda la propiedad buscando a los intrusos, al menos dos, pero no encontraron nada.

Entonces llamó de inmediato a su Jefe de Seguridad para comunicarle que estaba despedido. Por supuesto que lo hizo desde su casa. Era poco probable que ese día saliera a la Casa de la Presidencia.

Pero en los días posteriores sintió el enorme peso del vendaval que le cayó encima; en los principales diarios del país aparecieron en sus portadas las imágenes del Presidente regocijándose con distintas mujeres en su casa, casa que el fisco le arrendaba, por lo demás, y en una serie de situaciones poco dignas, por decirlo menos. Los programas de farándula afilaron los dientes para hacerse con las primicias, buscaron a las señoritas que amenizaban esas fiestas y salieron a la luz algunos «gustos» particulares que tenía el Presidente.

Un auténtico desastre.

Los asesores sufrieron una pesadilla tras otra para minimizar el daño; se habló de acusaciones constitucionales, desafueros, demandas, calumnias... Pero el Presidente supo que su carrera política estaba acabada. Solo le quedaba desaparecer una vez que entregara el mando del país. Y maldijo una y otra vez a Catalina Espinoza por las filtraciones.

Capítulo 35

Lugar: Centro de la Capital.
Fecha: Un mes después de la después de la balacera.
Hora: 23:03.

Las risas se escuchaban hasta la calle, cruzando incluso hasta la vereda de enfrente y llamando la atención de las varias personas que, incluso a esas altas horas de la noche, pululaban como insectos por esa avenida. Era todo un lujo y toda una hazaña estar ahí, justo enfrente de un edificio del Ministerio de Defensa, donde un par de guardias de la Policía Militar del Ejército vigilaban la entrada. Una burla descarada.

Iván Cabrera sostenía un puro traído directamente de Cuba en su mano derecha y lo lucía con agrado, pues era el regalo que le habían llevado sus invitados, con los que tanto se reía. Mafiosos del norte que, junto con la caja de puros, le habían ido a reportar que el envío de droga ya había zarpado desde uno de los puertos nortinos con destino a Italia, en Europa. Estaban funcionando a toda máquina, pues el mercado europeo era exigente.

El problema era que le faltaba gente. Las alianzas que había tejido en toda la zona central le permitían controlar más del noventa por ciento de la droga que se exportaba, y el trato con el partido del mismísimo Presidente de la República, por el flanco político, le daba tranquilidad respecto a las policías. La condición era clara: debían terminarse las guerras entre pandillas, las balaceras en plena calle, las matanzas… y la inmigración irregular.

Sacando cuentas, incluso poniendo fin al negocio de traer extranjeros de forma ilegal al país, Iván ganaba más dinero con la exclusividad del mercado exportador de drogas. Venezolanos y colombianos ya casi no operaban en el país; estaban siendo eliminados por su gente y otros, entendiendo la indirecta, habían comenzado a irse. El «Tren de Aragua» se replegaba hacia el norte y, desde ahí, buscaba trasladarse a los países limítrofes. Todo estaba más tranquilo.

Y un país tranquilo era bueno para los negocios. Todo empresario sabía eso.

Sin embargo, la verdad era otra. La tranquilidad estaba disfrazada con el temor, pues, aunque ya no operaban los sicarios caribeños que podían matar a alguien por unas lucas, dejando un reguero de sangre, los asesinatos seguían ocurriendo, aunque de manera más sofisticada. Los asaltos, portonazos, encerronas y demás seguían siendo parte de la realidad, pero en menor medida, todo con el visto bueno de Iván Cabrera y sus nuevos aliados.

El crimen en el país se estaba profesionalizando. Y para mantener ese nivel, Cabrera sabía que tenía que contar con profesionales en sus filas.

Fue entonces cuando comenzaron a llegar los cárteles mexicanos, y ahí la situación cambió drásticamente. En sus inicios, algunos cárteles mexicanos reclutaron a personal de las Fuerzas Armadas, quienes, motivados por una mejor paga, llevaron a sus nuevos empleadores su experiencia militar. De manera particular, se integraron cuadros especializados con cursos avanzados, lo que provocó que el brazo armado de los cárteles se profesionalizara. En muchos casos, estos grupos eran tácticamente superiores a las fuerzas del orden del país.

Posteriormente, el reclutamiento se extendió a los países vecinos de México. Así, se integraron *Kaibiles* salvadoreños y otros exmilitares, ampliando aún más la experiencia militar de los cárteles. Esa experiencia, sin embargo, era brutal. Fue durante esta época que en México comenzaron a aparecer cuerpos descuartizados, quemados, ahorcados en puentes, y videos de ejecuciones.

Entrenados en técnicas de guerrilla, estos exmilitares implementaron prácticas diseñadas para intimidar a sus rivales, pero las aplicaron en contextos urbanos, afectando directamente a la población civil. Las técnicas de guerra asimétrica, desarrolladas y enseñadas en cursos de comando y similares, estaban destinadas a enfrentar invasiones extranjeras, no a ser usadas en conflictos del crimen organizado. El resultado fue el caos que ahora impera en algunas regiones de México, convirtiéndolo en uno de los países más peligrosos del mundo.

Y eso era precisamente lo que un personaje como Iván Cabrera no entendía, o no quería entender, porque su posición privilegiada lo cegaba. A la brutalidad de las mafias se sumaba algo aún peor: estas mismas mafias habían penetrado las altas esferas del poder. Era el caldo de cultivo perfecto para transformar a un país en un Estado fallido.

Lo malo para Cabrera era que había quienes miraban el panorama completo y no iban a dejarle el camino libre. Había gente dispuesta a dar un mensaje claro para frenar ese cáncer.

Nadie se dio cuenta de que las cámaras de seguridad vial en un radio de tres cuadras habían dejado de funcionar. Todas.

Las risas comenzaron a apagarse de a poco, hasta que la sala quedó en completo silencio, ese silencio que indica que ya es hora de hablar cosas serias. Y el tema más serio de todos era el traslado de los cargamentos por tierra hacia el norte, hasta el puerto donde se estaba enviando la droga a Europa.

Algunos de los presentes empezaron a reclamar por la poca ayuda que estaban recibiendo de la policía, considerando que había varios mandos medios comprados y que estos debían facilitar los traslados. Había demasiados controles carreteros. También se habló de la necesidad de aumentar las coimas a los funcionarios de Aduanas, ya que habían traído un nuevo escáner móvil al puerto y garantizar que los cargamentos pasaran sin problemas iba a requerir nuevas gestiones y, obvio, más plata.

El contador aprovechó el momento para informar que los funcionarios de Impuestos Internos también estaban subiendo las «tarifas», así que habría que aumentar lo destinado a esas coimas también.

Todo requería plata; cada movimiento que hacía le costaba, y el más caro, sin duda, había sido el Presidente. Iván Cabrera empezaba a sentir el peso de jugar en las grandes ligas; sin embargo, el próximo mes comenzaría a ver los primeros resultados netos.

Pero las voces se apagaron de golpe cuando, de repente, se cortó la luz. Cabrera sintió un pinchazo en el pecho con el apagón; miró por la ventana a su izquierda y notó que el edificio de enfrente seguía iluminado. No era un corte general. A pesar de toda la plata invertida en seguridad, sabía que jugar en las grandes ligas también implicaba un riesgo personal enorme. De ahí el dolor en el pecho y los latidos acelerados de su corazón.

Por suerte, contaba con guardaespaldas experimentados. Cinco de ellos se acercaron de inmediato y lo rodearon, mientras se encendían las luces de emergencia. Sin embargo, estas solo duraron unos segundos. Algo raro estaba pasando. Los guardias intentaron comunicarse por radio con los otros cinco que montaban guardia en la entrada del edificio, pero nadie respondió. Cabrera empezó a sudar frío.

Todos se levantaron apresurados, intentando salir en tropel de esa sala, que parecía haberse transformado en una ratonera. Algunos se preguntaban quién podía estar detrás del atentado. Las principales bandas narcos de la región eran sus aliados, y el resto eran demasiado pequeños para atreverse a algo así. No tenían idea de quién podía ser.

Los guardaespaldas sacaron a Cabrera cubriéndolo como si fuera un mandatario, llevándolo por una escalera privada mientras el resto buscaba cómo escapar por sus propios medios. Bajaron con los guardias apuntando sus armas hacia el frente: cuatro de ellos avanzaban primero, mientras el quinto cubría al senador. Lograron descender los cuatro pisos hasta el subterráneo, por donde planeaban sacar a Cabrera, pero al pisar el lugar, una ráfaga de disparos con silenciador acabó con los dos primeros guardaespaldas.

Los otros dos se cubrieron de inmediato, y el quinto usó su cuerpo para proteger al senador. Una nueva ráfaga eliminó a otro guardia, mientras el último intentaba ubicar de dónde venían los disparos. De repente, vio una figura negra que se asomó y disparó un par de veces. Al intentar contraatacar, sintió el impacto de una bala que le voló la mitad de la cabeza.

El que cubría a Cabrera, temblando, sacó su pistola y disparó a quemarropa, esperando que por suerte lograra acertar a alguien. No lo consiguió. Dos balas lo impactaron en el pecho, destrozándole el corazón.

Iván Cabrera comenzó a sollozar, sintiendo el calor de su orina empaparle los pantalones. Gateó por los peldaños de la escalera, intentando regresar para escapar de la balacera, pero un dolor intenso en el riñón derecho lo paralizó. Le habían dado una patada. Luego sintió cómo una mano lo agarraba de la chaqueta, dejándolo de espaldas en el suelo, mirando una luz cegadora de una linterna.

En cuestión de segundos, había pasado de ser el senador y mafioso más poderoso del país a una piltrafa humana. Entre las sombras vio dos figuras completamente de negro, una de las cuales le apuntaba con un arma equipada con un silenciador.

—¡Por favor, por favor, soy un senador! —gimoteó, rogando.

De respuesta, solo escuchó un par de risas burlonas. Después, solo sintió el sonido seco del arma. Dos disparos.

Aníbal Requena miró su reloj y asintió. Con la capucha aún puesta, sacó su teléfono y, a través de la aplicación Threema, informó a Catalina Espinoza que la operación había sido un éxito. Daniela Ballesteros, su compañera, dio media vuelta y comenzó a caminar. Aníbal la siguió; ya todo había terminado. Se quitaron la ropa táctica, quedándose con la vestimenta civil que llevaban debajo. Salieron abrazados y riendo como si fueran una pareja de enamorados, pasando por el estacionamiento sin problemas.

Habían sido tan rápidos que, al salir, los otros que estaban en la reunión recién comenzaban a llamar a las policías. Nadie notó a los supuestos novios.

Los transeúntes empezaron a amontonarse en la entrada del edificio, curiosos por lo que estaba pasando. Mientras tanto, Aníbal y Daniela se perdían entre la gente, llevando dos mochilas, dos armas cargadas y abrazados como si realmente fueran una pareja de toda la vida. Reían con ganas, interpretando a la perfección el papel de novios, como si no supieran que acababan de asesinar a uno de los personajes más nefastos del país.

Capítulo 36

Lugar: Casa de Ramiro Mendoza.
Fecha: Un día después de la muerte de Iván Cabrera.
Hora: 19:50.

Lo habían estado llamando todo el día varias agencias y sitios de noticias, desde ayer incluso, y él no había querido responder. La noticia de la década estaba aún en pleno desarrollo, y muchos esperaban que la pluma filosa de Ramiro Mendoza esbozara algo, que iniciara su propia investigación. Pero él estaba trabajando en un reportaje sobre la inmensa isla de basura que navegaba por el océano Pacífico y los riesgos ambientales que implicaba. Nada que ver con lo que estaba sucediendo en el país.

No podía negar que sintió deseos de ir tras la noticia y ganarse la gloria, porque sabía muy bien quién había sido, pero también valoraba su vida. Escribir sobre ello podría costarle esa vida.

El asesinato de Iván Cabrera llenaba las páginas de todos los periódicos del continente y de muchos otros en el resto del mundo. Era el evento más importante del país en los últimos treinta años. Allanamientos, detenciones y persecuciones estaban en curso. Las sirenas de los vehículos policiales resonaban por todos los rincones del país. Los pasos fronterizos fueron cerrados y en los aeropuertos se redobló la vigilancia.

Las policías mantenían un hermético silencio, mientras el ministro del Interior era bombardeado con preguntas de los periodistas cada vez que se dejaba ver, lo que ocurría frecuentemente porque el Presidente no aparecía por ninguna parte. El ministro había asumido el rol de cara visible del golpeado gobierno.

Y ese golpe había sido brutal, tremendo, un *knockout* a la seguridad pública; el flanco más débil de un gobierno que ya era débil por todos los flancos. La oposición rasgaba vestiduras y exigía que se atrapara a los culpables con celeridad.

El atentado dejaba al descubierto las graves falencias en inteligencia, preparación y seguridad que padecía el país. Purgas internas, corrupción y mandos incapaces mantenían a ambas policías a una distancia alarmante de la vanguardia delictiva, que las superaba en al menos una década de experiencia operativa, según había calculado Ramiro en sus años investigando el crimen organizado.

Sin embargo, para el ciudadano común y corriente, que representaba a la inmensa mayoría del país, ese asesinato supuso algo de justicia, por decir lo menos. No pocos celebraron la muerte de quien era conocido como uno de los mafiosos más importantes del país antes de convertirse en senador. Su nombre siempre estuvo asociado al crimen organizado, y la mayoría de esos ciudadanos más pragmáticos, menos inclinados a disfrazar la realidad con frases bonitas como lo hacían los políticos, consideraban que su muerte era solo cuestión de tiempo.

Y para ellos, también era cuestión de justicia.

Ramiro sabía que arrestarían a un par de sospechosos de algún grupúsculo desconocido y los usarían de chivos expiatorios. También sabía que no atraparían a los verdaderos ejecutores, porque uno de ellos acababa de entrar a su casa: el feroz Aníbal.

—No he escrito nada. No he salido de mi casa en días —dijo Ramiro sin saludar, dando explicaciones antes de que se las pidieran. El miedo aún lo inundaba cada vez que veía a ese hombre.

—Ya lo sé —respondió Aníbal—. No vine a amenazarte ni a advertirte nada. Vine a ver cómo estabas; me envió Catalina.

—Bueno, estoy bien. Me queda algo de lo que me dio la última vez y espero que el reportaje que estoy haciendo se venda bien. No como los de crimen, pero creo que se venderá bien. Afuera. No aquí en este país. ¿Tú cómo estás?

Aníbal se sentó junto al periodista. Su agotamiento era evidente. Operar lejos de su familia lo afectaba más de lo que estaba dispuesto a admitir. Eran pocos en el equipo, y la carga de trabajo era abrumadora. Curiosamente, Daniela parecía sobrellevarlo mejor; parecía estar acostumbrada a ese ritmo estresante. Tal vez fuera porque ella no tenía hijos ni marido a quienes extrañar.

—Estoy bien. Estamos reclutando.

—Por cierto, no es buena idea que estés por estos lados. Las policías están frenéticas.

—Sí, ya lo sabemos. Dejamos pistas falsas por ahí. No darán con nosotros.

—¿A cuántos necesitas?

—Un equipo pequeño, pero como el anterior: muy profesional, muy discreto.

—¿Quién los está financiando ahora?

—Dijiste que no estabas investigándonos.

—Sí, solo es una pregunta por curiosidad.

—Esa curiosidad es la que te metió en problemas con nosotros. Deberías controlarla. Mientras menos sepas, mejor para ti. Eventualmente podrían venir a tu casa y llevarte a prestar declaraciones. Mejor que no sepas nada.

Ramiro sonrió. Entendía el mensaje: cuanto menos supiera, menos riesgo corría de ser asesinado por información. Aníbal, de hecho, estaba cuidándolo.

—¿Y tienen postulantes? ¿De verdad hay gente que quiere hacer esas cosas? No me imagino que aquí haya individuos preparados para algo como lo que ustedes hacen.

—Pero los hay. Muchos quieren hacerlo. El problema es que la mayoría son fanfarrones sin ninguna preparación. No basta con haber estado un par de años en el Ejército o en alguna policía. Se necesitan otras cosas, y hay que dejar atrás algunas también.

—Me imagino. No hay que tener miedo para hacer algo así.

—El miedo siempre es necesario. Si no tienes miedo, no sirves. Una persona sin miedo comete imprudencias. Y las imprudencias matan. El miedo te mantiene alerta, te hace ser cuidadoso. La clave es saberlo manejar. Sin embargo, nos falta alguien distinto, alguien que no sea necesariamente un operador táctico.

Ramiro no entendió en primera instancia lo que Aníbal le quería decir.

—¿Un médico o algo por el estilo?

—No, no. Necesitamos a un experto en recopilación de información.

Solo entonces Ramiro comprendió. En realidad, Aníbal estaba ofreciéndole trabajo. Se rio con ganas.

—Pues yo soy bastante bueno reuniendo información —dijo entre risas.

—Exacto. Por eso estoy aquí. No sería a tiempo completo, pero tu silencio debe ser de por vida.

Hubo una breve pausa en la conversación, necesaria para que Ramiro reflexionara sobre lo que le estaban proponiendo. Era evidente que, además de recolectar información para ellos, lo estaban convirtiendo en cómplice, asegurándose de que nunca los delataría, ni directamente ni a través de un reportaje revelador.

—¿Y qué tendría que hacer?

—Ya no tenemos fuentes confiables sobre los blancos, pero tú mantienes contacto con muchas personas que podrían proporcionarnos información sobre nuestros próximos objetivos. No serías el único; tenemos varias formas de obtener datos. Pero tú eres especialmente bueno en esto. ¿Qué dices?

—Bueno, todavía tengo contactos bien situados y no tendría problemas para hacer algunas preguntas. Conozco a expertos en tecnología que podrían ser útiles también.

—El tema es que esos amigos tuyos no hagan suposiciones que nos lleven a nosotros.

—No te preocupes. Sé cómo hacer las preguntas correctas para despistar a los que piensan demasiado.

—Perfecto. Entonces ¿estamos bien? Lo de tus honorarios lo coordinarás directamente con Catalina Espinoza.

—Estamos *ok*. Supongo que debería darte la mano para sellar el trato, pero algo me dice que no eres de los que dan la mano.

—Supones bien. Mi palabra te debe bastar.

—Tengo una pregunta, por pura curiosidad en todo caso —continuó Ramiro, deteniendo a Aníbal, quien ya se preparaba para irse, pues no le gustaba estar mucho tiempo solo en un lugar.

—Ya te dije que fue la curiosidad la que te metió en problemas con nosotros —respondió el justiciero.

—¿Por qué un hombre con la vida resuelta, casado y con hijos hace este tipo de cosas? Cualquier hombre normal se dedicaría a su familia, no arriesgaría su vida y su integridad en actividades que están por fuera de la ley.

—Porque puedo —fue la escueta respuesta de Aníbal.

—Por favor…

—Es la verdad; porque puedo —insistió Aníbal—. Tengo lo necesario aún para hacerlo. Porque las policías ya están sobrepasadas, socavadas. Vivimos en una sociedad donde el crimen nos lleva la delantera, donde las herramientas legales ya quedaron obsoletas. Haber elegido a un mafioso como senador nos dice mucho de cómo estamos como sociedad. Ante eso, la fuerza bruta es un método efectivo para devolver el golpe.

—Y justamente lo hago por mi familia; mis hijos necesitan vivir en una sociedad más segura para poder desarrollarse. Perdí un sobrino por esta brutalidad, y no quiero perder un hijo por ello. Es mil veces preferible morir yo haciendo este trabajo antes de que muera otro niño en un asalto. Quizá todo esto marque un precedente para más adelante.

—Es un argumento medianamente válido. Sin embargo, el problema está en que al tomar la justicia por mano propia, estás quitándole al Estado una facultad que la sociedad le entregó justamente para mantener la sana convivencia. El monopolio de la fuerza solo debe ser del Estado, en teoría, porque de lo contrario retrocederíamos como civilización a un estado anterior, más brutal.

—Pero el monopolio de la fuerza el Estado ya lo perdió cuando permitió que el crimen se apoderara de las calles. Ese estado de brutalidad ya existe hoy. Es por eso que nosotros lo ejercemos ahora y en su justa medida. Tampoco vamos por ahí disparándole a cualquier delincuente.

—No todos estarían de acuerdo. Se supone que hay otras formas de volver a darle a la vida humana la importancia que debería tener. La pobreza es la principal causa de que la vida sea tan poco valorada entre quienes la padecen. Es por eso que los sicarios vienen de estratos pobres. Terminar con ese flagelo no se logra ejerciendo la fuerza, sino poniendo en marcha políticas estatales para erradicarla.

—Hay sicarios que no vienen de estratos pobres, Ramiro. No siempre es como dices tú. Pero en fin, dijiste que trabajarás con nosotros; si es así, no necesitamos tu crítica social cada vez que nos veamos.

—Sí, está bien. Estoy con ustedes. No hablaré más de justicia social; después de todo, no es mi problema necesariamente.

Aníbal se levantó pesadamente de la silla y suspiró hondo. El pomo de su pistola era visible en su cinto, y Ramiro sintió un escalofrío al verlo. A pesar de estar acostumbrado a cubrir crímenes, la presencia de un arma siempre lo incomodaba.

—¿Puedo hacerte una última pregunta? —dijo Ramiro justo cuando Aníbal se encaminaba a la puerta.

—¿Qué quieres ahora? —respondió el justiciero, que insistía en que la curiosidad insidiosa de Ramiro era molesta.

Ramiro giró en su silla para quedar de frente a Aníbal y se acomodó las gafas.

—Cuando los investigaba, me di cuenta de que los asesinatos que ustedes cometían eran de su autoría porque, aunque los muertos eran de distintos perfiles, sus crímenes seguían un patrón común: la pulcritud. Todo era muy profesional, sin rastros que seguir, con mucho cuidado en los detalles. Y entre los detalles de los que se cuidaban estaba el tema de las cámaras...

—¿Qué hay con eso? —preguntó Aníbal, intrigado.

—Eso —insistió Ramiro—. Nunca supe cómo carajos hacían para desactivar las malditas cámaras.

Aníbal solo emitió una carcajada a modo de respuesta y salió de la habitación.

Epílogo

Lugar: Capital del país.
Fecha: Indeterminada.
Hora: 21:37.

Seguro de sí mismo y con todo el futuro por delante, solo sentía dicha desde hacía varios días. Por arte de magia, o tal vez por benevolencia del destino, se había convertido en el principal proveedor de drogas del país y en uno de los intermediarios más importantes de los cargamentos que iban desde Sudamérica hacia Europa.

Esa divina providencia, sin embargo, le había dejado lecciones claras: sabía que debía invertir fuertemente en su protección, porque había competidores y facciones que querrían eliminarlo. Los reinados en los imperios del crimen, lo sabía bien, no eran necesariamente duraderos.

Una avanzada de su dispositivo de seguridad, similar al de un mandatario, había asegurado el lugar donde se reuniría con los posibles socios mexicanos que lo esperaban. Habían realizado un minucioso chequeo en busca de policías encubiertos o asesinos con el encargo de eliminarlo. Cinco minutos después, llegó en su vehículo blindado acompañado de seis hombres bien entrenados, bien pagados y bien armados. Sí, se sentía seguro.

Afuera, la noche era clara, sin nubes y sin frío. La ciudad bullía incluso a esa hora, pues la capital era una ciudad que no dormía. El restaurante donde había quedado con los mexicanos era elegante pero discreto. Ya antes había sostenido reuniones de negocios allí; ofrecía la privacidad que la situación ameritaba y era ideal para pasar desapercibido.

En otras ocasiones, lo había acompañado su esposa, quien respaldaba sus negocios ilícitos con pragmatismo. «Es un trabajo», decía ella, justificando que esa forma de ganarse la vida era ilegal solo porque unos políticos así lo habían decretado en sus leyes.

No asumían el daño que las drogas que ellos ayudaban a propagar causaban a familias enteras. No dimensionaban la destrucción que generaban en la sociedad ni querían ver que la adicción era un flagelo que costaba vidas y corroía el tejido social desde hacía décadas.

Tampoco les importaba que las drogas fueran solo el comienzo de negocios aún más terribles, como el tráfico sexual, el tráfico de personas, el tráfico de armas y el sicariato. Para ellos, eran simplemente extensiones de un negocio muy rentable.

El dinero les permitía un estilo de vida que nunca tuvieron sus padres y que ahora podían ofrecerles a sus hijos: colegios privados, fiestas lujosas, vacaciones en el extranjero, autos de alta gama... privilegios que el resto de la gente ni trabajando «honestamente» toda su vida podría alcanzar. Todo eso, ignorando reglas morales que habían sido convertidas en leyes que supuestamente aseguraban la paz social. Una mentira, por supuesto. Para ellos, su negocio era un ejemplo de efectividad empresarial, una máquina de hacer dinero que cualquier empresario querría replicar, eficiente y sin remordimientos por los daños colaterales.

Eso era su orgullo: aunque sus negocios estuvieran fuera de la ley, trabajaban y mucho. No se dedicaban únicamente a disfrutar de sus ganancias. Manejar un cártel del crimen exigía un esfuerzo monumental, incluso mayor que el de cualquier trabajo «normal».

Pero, para su desgracia, no todos pensaban igual. De ahí su enorme dispositivo defensivo. Incluso sus hijos eran vigilados constantemente por guardaespaldas armados durante su jornada escolar.

Sus hombres habían revisado todo el perímetro a la redonda, toda una cuadra de hecho, y habían revisado a todos los comensales que estaban en el restaurante. No había peligro, todo estaba despejado, y así se lo hicieron saber al jefe del equipo, que permanecía al lado del hombre. Al escuchar que todo estaba asegurado, le dio el visto bueno para que se bajara del auto y concurriera a su importante reunión con los mexicanos, que se divertían en la espera bebiendo unas cervezas.

Pero fuera de ese cerco defensivo no pudieron darse cuenta del edificio que había dos cuadras hacia el oeste, uno de diez pisos desde donde, en varias de sus habitaciones, había una vista perfecta al patio de estacionamiento desde donde se estaba bajando el hombre. Allí, en una de las habitaciones, estaba apostado un tirador equipado con un rifle de precisión y mira de visión nocturna, con un acompañante que hacía las veces de observador y escolta.

A las afueras de ese edificio, en un vehículo discreto, estaba su líder de equipo con su segundo al mando. Y quince metros al norte había otro vehículo con otros dos hombres bien armados, pero con las armas ocultas. Ambos vehículos encendidos.

Ninguna cámara de seguridad en tres cuadras a la redonda funcionaba desde hacía una hora. Pocos se habían percatado de ello y nadie le había dado mayor importancia.

—Objetivo a la vista. Solicito permiso para disparar —dijo el tirador por su intercomunicador de radio con frecuencia encriptada.

—Proceda —fue la escueta respuesta del líder.

En esa ocasión solo se percutió un disparo que dio de lleno un centímetro por encima de la oreja derecha del jefe mafioso, volándole la mitad de la cabeza en una erupción de sesos, hueso y sangre. El sujeto cayó inerte al piso sin posibilidad alguna de salvarlo y sin posibilidad alguna de cerrar el trato con los mexicanos.

Los guardaespaldas se desparramaron buscando por todas partes, como abejas a las que hubieran atacado su colmena. Se desató un caos en el restaurante, y todos los comensales, incluyendo a los mexicanos, salieron a ver qué había pasado, dificultando aún más la tarea de los guardaespaldas para descubrir de dónde había venido el disparo.

—Objetivo logrado. Nos retiramos —informó el tirador.

En menos de quince segundos, junto con su escolta, había desarmado el rifle de precisión, lo había guardado en una mochila y comenzaba su escape disimuladamente desde el edificio. Ambos sujetos salieron por separado; el tirador se subió al auto que estaba al norte, el cual salió con rapidez, pero sin exageración, y se perdió en el tráfico de la ciudad.

El escolta se subió al auto del líder, simulando saludarlo como si fueran amigos cercanos, y también salieron con rapidez pero con precaución, sumergiéndose entre los autos de una de las calles más transitadas de la capital. Nadie sospechó de ellos.

Aníbal respiró tranquilo solo cuando Daniela le confirmó que no los seguían. Entonces informó a Catalina Espinoza el éxito de la operación.

Catalina, desde uno de los refugios, trazó una línea con destacador rojo en la fotografía del mafioso que tenía en la carpeta y la cerró, guardándola en un estante con llave. Luego abrió otra carpeta que mostraba la imagen de una mujer con una cicatriz en la cara y, en la segunda hoja, una lista de delitos. Catalina encerró en un círculo el que decía «Trata de Blancas».

Era el nuevo objetivo. Comenzaría a leer una vez que tuviera listo su café.

www.ingramcontent.com/pod-product-compliance
Lightning Source LLC
Chambersburg PA
CBHW061443150726
47987CB00001B/321